특별상봉

# 특별상봉

## 표성흠 소설집

도서출판 북인

작가의 말

# 챗GPT가 글을 쓰는 시대에

오래 전에 '시는 술이요 소설은 안주다'라는 말을 한 적이 있었다. 시는 취하듯 기분 좋은 육성으로 들려주는 감성의 노래요, 소설은 짐짓 취기를 누르는 이성의 거짓부렁이다. 그러나 결국에는 그 속에 진리를 규명하려는 목적을 감추고 있다. 문학이란 진리탐구를 위한 도구이다. 진리란 무엇인가? 사람 살아가는 이치다. 결국은 시나 소설이나 사람 사는 이야기인 것이다.

나는 시와 소설을 같이 쓰고 있다. 청탁만 있으면 동화도 쓰고 희곡도 쓰고 사진도 찍고 여행기도 쓰는 전업작가다. 장르의 문제가 아니라 소재에 따라 표현을 달리한다는 이야기다. 그 어떤 형식을 취하든 문학은 문자로 표현되는 사람 이야기다. 사람은 자연의 일부이고 삼라만상 중의 하나다. 유한생명체이다. 문학의 본질은 이 짧은 인생살이를 더 값지게 하기 위한 길 찾기가 아닐 것인가.

나는 글 쓰는 공부를 전공했고 글쓰기를 가르치며 1백 권이 넘는 책을 펴냈다. 그러나 지금은 산 속에 들어와 밥벌이를 위해 글을 쓰던 문필업자생활에서 벗어났다. 귀향 후 20여 년, 쓰고 싶은 작품을 썼다. 원고를 쟁여놓고 있다. 내가 쓴 시나 소설들이 인간을 다루는 문학이고 내가 만든 인간을 통하여 진리를 깨닫게 하는 각성제가 되기를 바라는 마음에서다. 그런 독자가 더러는 나를 찾는다. 그 보람으로 글을 쓴다.

그러나 책을 내다버리는 현실에 이런 소망이 무슨 소용이 있을 것인가? 더욱 안타까운 것은 자비출판시대가 되어 아무런 책이나 난무한다는 것이고 챗GPT가 글쓰기를 대신하는 시대가 도래했다는 사실이다. 이러한 시점에 시인이나 작가가 있어야 할 자리가 어디일 것인가? 백척간두다. 인간이 짐승과 다른 점은 자기 역사를 기록한다는 것인 바, 이 작품들이 이 시대의 역사이기를 바라는 까닭이다. 아울러 손해를 감수하고서라도 책을 만드는 도서출판 북인에 감사를 드린다.

2023년 5월 30일

풀과나무의집에서 표성흠 씀

Contents

# 굴절

— 동화나라 전기

## 1

노인은 찻잔 속의 어둠을 마시고 있었다. 그런데 언제부턴가 찻잔 속에서 빛이 일렁이고 있는 것을 발견하였다. 그러니 어둠 속의 빛을 마시는 셈이 되었다. 왼손 검지와 장지는 찻잔의 손잡이를 안으로부터 말아쥐고 약지와 색지를 밑에서 받쳐올리는 형태로 잡은 뒤 엄지로는 손잡이 위를 누르는 모양새를 취하는 한편, 오른손으로는 손바닥 전체로 잔의 바깥 등허리를 감싸쥐듯 돌려잡아 가슴 쪽으로 엄지가 놓이도록 해 잔의 위쪽 테두리를 지긋하게 덮어누르는 모양새로 잡는다. 이렇게 잔을 감싸쥐어야 찻잔의 온기와 차향을 함께 느낄 수 있을 것 같은 애틋함이 솟아났다. 한 잔의 차라도 소중하고 감사한 마음으로 마시고 싶은 심정, 그러니까 차를 마실 때 두 엄지가 양 볼에 닿도록 잔을 감싸잡는 이 소소한 행위가 온 몸과 마음이 하나가 되는 밀접함을 느끼게 된다고 상상하는 엉뚱한 버릇이 생겼다. 마치 연인의 등을 끌어당겨 껴안듯 찻잔을 감싸쥐는 것이 차의 향과 온기를 더욱 심미할 수 있다고 생각하는 이 상상은 터무니없는 몽상일 수도 있겠지만 그의 찻잔잡기는 더욱 집착을 부리기에 이르렀다. 그러면서 두 엄지 손가락 첫 마디가 찻잔 위로 솟은 모양새를 보고 당나귀나 말의 귀 같다는 생각을 하였다.

그 생각은 다시 마이산으로 그를 데려간다. 말의 귀를 닮았대서 붙여진 이름, 마이산에는 숫마이와 암마이가 있었다. 암마이산 중턱에 아이를 낳게 해준다는 신비의 샘물이 있어 많은 여인네들이 찾곤 했다. 그는 여자를 데리고 신새벽 이른 아침 안개를 뚫고 그 신성한 정화수를 마시러 갔었다. 여자는 정식적으로 혼인식을 올린 사이는 아니었지만 그래도 한 이불을 덮고 잤고 한 지붕 아래 한솥밥을 먹고 살았었다. 그런데도 결국 아이를 갖지는 못했다. 한때 아내라고 생각했던 그 여자는 떠나가서 다시 돌아오지 않았다. 그게 그가 만난 여자의 전부였다. 엄밀하게 분석한다면, 말의 두 귀 같은 두 엄지 사이로 입술을 들이밀어 차를 마시려드는 행위는, 자연적으로 코가 찻잔 속으로 들어가 안에 든 찻물의 향이 더욱 진하게 느껴진다고 생각하는 이 돌출행위는, 어쩌면 그녀를 기억해낸 뒤부터가 아닌지 모르겠다. 그녀의 젖무덤은 한없이 따뜻하고 평온한 것이었다. 그가 일생 느껴온 것들 중 유일한 평화로움이었다.

이렇듯 오감을 동원해 은밀하고도 밀접한 동작으로 차를 마셔야 차를 마신 것 같다는 착각 속의 이 행위는 깊은 바다 속 같은 잠재의식 속에 숨어 있던 기억회로의 한 가닥이 잠망경처럼 수면 위로 상승한 위치에 놓일 때의 행동이 아닌지 모르겠다. 기억들은 물속과 물 밖을 잠수했다 떠올랐다 하는 잠망경 같아서 물속에 들어갔을 때는 전혀 인지되는 바가 없다가 물 밖으로 나오면 무언가 어렴풋이 보이는 것 같은 현상을 일으킨다. 이 현상은 마치 점멸등처럼 기억의 불이 들어왔다 나갔다 하는 스위치 같은 것이어서 흔히들 정신이 깜빡깜빡한다는 표현을 쓴다. 차의 향과 따뜻한 온도와 혀끝에 와닿는 마지막 달고도 쓴맛까지를 음미하는 느낌, 정신이 깜빡했을 때 그 한순간에 돌아오는 평온한 느낌, 그는 요즘 이 기분을 즐기기 위해 종이컵보다는 손잡이가 달린 투박한 머그잔을 이용하기 시작하였다. 이상하게도 그 손잡이와 차향이 그를 전혀 다른 세상으로 끌고 가는 비밀통로 구실을 했다.

그 희미한 기억의 찻잔 속에서 빛을 발견한 것은 실로 우연이었다. 찻잔에 가까이 코와 입술을 박고 있을 때는 몰랐던 사실로, 잔을 멀찌감치 밀어낼 때, 그러니까 찻잔과 감각기관에서 거리를 둘 때, 그것도 아주 멀리는 말고 적당한 거리가 유지시켰을 때, 그 속에서 빛이 출렁거리기 시작했던 것이다. 그것도 천정에 매달려 있는 전등과 각도를 맞추어야 볼 수 있는 빛이었다. 처음에는 그냥 일렁거리는 빛인 줄 알았는데 자세히 관찰해보니 천정에 매단 전등의 반사였고 그 모양이 열십자형이라는 것이었다. 그냥 흔들리는 빛의 모양새가 아니라 뚜렷하게 나타나는 십자가 모양을 확인하려면 찻잔의 물이 적당하게 차 있어야 하고 그 물이 움직이지 않도록 정지된 상태에서, 일정한 각도가 잡혀야 그 모양이 뚜렷하게 보인다는 사실도 알아냈다.

이를 관찰하는 데는 특별한 연구가 필요한 게 아니었다. 몇 번 의자를 돌려가며 차를 마시다가 어느 각도와 거리에 들어서면 이런 현상이 나타나는 걸 발견하고는 이리저리 자리를 옮겨 각도를 달리해보았더니 그 거리와 각도가 잡히기 시작했던 것이다. 이전에 매달려 있던 ㅡ자형으로 된 형광등일 때와는 달리 +자형 LED등을 새로 바꿔 달고 난 뒤부터는 그 밝기가 확실하게 달라진 것을 느낄 수 있었다. 명도의 차이뿐만 아니라 잔 속에 비친 빛의 모양도 더욱 또렷해졌다. 그저 ㅡ자가 아니라 +자가 형태였다. ㅡ자는 한길로 난 평평한 길 같았지만 +자는 수난의 길이었으며 부활의 길이었다. 형광등은 진공 유리관 속에 수은과 아르곤을 넣고 안쪽 벽에 형광물질을 바른 방전등이지만 새로 개발된 LED는 전구를 대신하는 수천 수만 개의 소자가 각기 그 빛을 내는 반도체이기 때문에 어느 하나가 망가져도 손상을 느끼지 못할 정도로 오랜 수명을 지닌다 했다. 형광등을 LED등으로 교체해 달아주던 전기기사는 이거야말로 전기를 발명한 에디슨 이후 현대과학의 최대 승리라며 죽을 때까지, 혹은 죽고 나서라도 그 후대 사람들이 반영구적으로 쓸 수 있는 신비의 전등이라 했다.

이 말에서 그는 다섯 살 때 기억 하나를 떠올렸다. 누이들이 모여 예수 십자가를 이야기했다. 십자가 대속이 무언지 알 리 없는 나이였는데도 그는 일생 동안 잊지 못할, 알 수 없는 영적 신비체험을 했는데 그 +자가가 화인처럼 가슴속에 못박혀버린 것이다. 그러한 그에게 어머니는 또 바닷가 모래알처럼 창성하라는 계율을 말씀하셨다. 병약한 몸이라 이 인간된 도리를 저버릴 것이라 미리 짐작하셨던 것인지 모른다. 그게 인간으로 태어난 기본적인 도리를 하는 것이라 했다. 이제 형이 죽고 없으니까 집안 대를 이을 사내아이는 너밖에 없다 했다. 아이를 낳아 후손을 번성시키는 것이 조상을 만날 수 있는 유일한 길이라던 어머니 말씀이 왜 갑자기 떠오른 것이었을까. 한동안 잊고 지냈던 찻잔 속의 십자가를 발견한 것은 전등 교체 이후 만난 우연이었지만 그 속에서 어머님의 말씀을 건져올린 것은 우연이 아닌 것 같았다.

그는 몇 번의 시험 끝에 찻물이 가득 찼을 때와 차를 다 마시고 난 뒤, 그저 찻물의 물기 정도만 남았을 때와 그조차도 다 날아가버려 찻잔의 밑바닥이 마른 상태에 반사되는 빛의 모양도 연구했다. 그리고 가득찬 물을 흔들었을 때와 반쯤 찬 물을 흔들었을 때의 불빛 모양도 비교도 해보았다. 기울여서도 보았고 정지시켜서도 보았다. 할 일 없는 고령의 노인네가 할 수 있는 모든 실험을 다 해본 셈이다. 그리고 그는 곧 '굴절'이라는 단어 하나를 메모지에 남겼다. 빛의 굴절인 것이다. 눈에 보이는 현상은 현상 그대로인데 굴절된 빛의 모양은 시간과 방향에 따라 달라진다. 프리즘을 통해 보는 빛의 다발처럼 찬란하기 그지없는 또 다른 색깔도 나타나 마치 요술거울을 보는 느낌이다. 왜곡이 가져다주는 환상이다. 빛의 굴절, 스펙트럼은 아름다웠다. 그게 비록 착시현상이었다 할지라도. 노인은 이제 혼자서도 즐길 수 있는 놀이 하나를 찾았다. 이 나이 정도면 혼자 놀 줄도 알아야 한다.

"교수님 젊었을 때는 정말 멋쟁이였었겠어요."

간병인은 노인을 추겨올려 교수라는 명칭을 잊지 않고 붙여주었다.

"작가가 무슨 멋이 있었겠어요?"

그는 간병인의 말을 수정해 호칭했다. 그는 교수가 아니었다. 몇 군데 강의를 나가긴 했었지만 언감생심 교수 자리는 아니었고 작가로서 문학 강의를 몇 번 했었을 뿐이었다. 이러한 그간의 이력을 대충 들어서 알고 있는 간병인은 작가보다는 교수가 훨씬 위의 직급으로 보이는지 작가 아닌 교수라는 호칭을 고집하였다. 굳이 싸울 정도의 일은 아니었기에 간병인이 교수라는 말을 할 때마다 그는 작가라는 대칭적 말로 맞받았지만 간병인은 눈도 꿈적하지 않았다. 못들은 척하면 그만인 것이 갑의 입장이다. 아무리 중한 이야기라도 묵살하는 데는 별 도리가 없다. 그것도 일종의 '갑질'일 터였지만 그는 시비 걸지 않기로 한다. 범사에 순응하는 태도로 사는 게 현명하다는 걸 알기 때문이다.

고집 피울 일은 따로 있다. 사람이 죽어도 내세워야 할 정도의 고집은 그건 고집이 아니라 신념인데. 하지만 그 신념은 자기 자신에게 해당하는 것이다. 예컨대 사람은 생물이며 생물은 언젠가는 죽을 수밖에 없는 존재다. 그 죽음 앞에 순응하는 꽃잎처럼 떨어질 수 있다면 얼마나 아름다울 것인가. 아름답게 낙화한 자리의 열매가 튼실하다. 또 그 과일이 흔쾌히 떨어져 자리를 비울 때 꽃눈이 자리매김하고 그 씨앗은 다시 뿌리를 내리기 시작한다. 이게 순환이다. 하여, 작은 들꽃 하나라도 자세히 보고 열매 하나라도 관심을 두고 볼 일이다. 만약 이런 논리적 이야기에 대한 반박이라면 고집을 피울 수도 있었을 것이다. 신념이기 때문이다. 때문에 간병인의 허언 정도 가지고 대거리할 필요는 없을 일이겠다. 한말로 도를 통했다. 그 스스로가 생각해도 신통하다. 현실에 대한 집착을 끊어버렸다는 느낌이다. 이제 매미가 허물을 벗듯 모든 것들에게서 벗어나야 한다.

노인은 시를 썼다. 고집을 내세우기 위해서는 은유적 시가 필요하다. 작은 들풀의 꽃과 씨앗에 우주가 담겼다고. 그러나 사람들은 그를 망상가라 했다.

"이제 망상은 떨쳐버리세요."

그 망상이 죽음을 재촉한다는 것이다. 치매도 따지고 보면 안 해도 될 생각을 해서 오는 그 쓸데없는 망동 때문이라는 것이었다. 생각이 생각으로 그친다면 아무 문제 없다. 치매환자가 문 밖으로 자꾸 나가는 것은 옛날 기억에 사로잡혀 그 길인 듯해 나가지만, 본인으로서는 그게 당연한 행동일 것 같지만, 간병인의 입장에서 본다면 천방지축 집나간 애를 찾는 꼴이라는 것이다. 애들은 어디로 튈지 모르는 럭비공과 같아서 예측불가하다는 표현도 썼다. 그러니 제발 망상과 망동을 접고 가만히 앉아 있는 것이 여러 사람 도와주는 일이라 했다. 이 정도 이야기를 스스럼없이 해댈 수 있다는 것은 이제 환자의 이야기는 콩으로 메주를 쑨다 해도 믿어줄 사람이 없다는, 완전 노인 취급을 한다는 뜻이겠다. 이럴 때, 완전 기죽은 환자를 다룰 때, 간병인은 의기양양 큰소리친다. 환자를 제 맘대로, 눈치보지 않고 제압할 수 있다는 이야기다.

노인은 그러한 간병인에게 더 이상 이해를 구걸하지 않는다.

"망상이 아닌데, 이건 사실이야."

노인은 그렇게 말하고 싶지만 이젠 그렇게 하지 않는다. 체념이다. 너무 뜻 깊은 이야기는 해봐야 들을 귀가 없는 게 이 세상이다. 그럼에도 불구하고 그는 이야기 하나를 들려준다. 누구나 쉽게 알아들을 수 있는 이야기로. 그는 그래도 소통을 원했기 때문이다. 귀가 있으면 들으라는 이야기다.

"노인과 여인이라는 작품이 있어요."

"노인과 바다가 아니고요?"

시에서 일부러 구해다준 간병인은 고품격이었다. 유명 작가에게 해줄 수 있는 최선의 호의로 선별한 간병인인 것이다. 그래도 정신이 돌아올 때를 대비해서, 그럴 때 혹시라도 문병온 외지 손님이라도 있을 때를 대비해서, 작가와 대화가 통할 만한, 문학에 조예가 깊은 간병인을 구해다준 것이 바로 이 사람인만큼, 작가의 집을 방문한 사람이라면 누구나 간병인에게 먼저 우리 선생님을 돌봐줘서 고맙단 감사의 인사를 전하고 호의를 보인다. 그래야만 방문객이 가고 난 뒤에라도 뒤탈이 없을 것이 아닌가. 당국으로선 당국대로 시를 대표하는 작가의 후생복지정책으로 이 정도 간병인은 두어야 부끄러움 없는 행정력을 펼치고 있다는 자부심을 느낄 수 있는 기회가 될 것으로 여기는 그런 인물이었다.

"그건 소설이고 이건 그림이에요."

"그런 그림이 있었어요?"

푸에르토리코 국립미술관에 있는 이 작품은 푸른 수의를 입은 노인에게 젖을 빨리는 젊은 여인의 모습을 그린 작품이라고 말한다. 그런데 간병인은 벌써 시큰둥하다. 이 노인이 선정적인 이야기를 해서 작업을 걸려는 거나 아닌가 하는 것이다.

"푸에르토리코가 어디예요?"

미국과 브라질 사이에 있는 북카리브해 서인도제도의 한

섬이라 한다. 미술관에는 깡말라 죽어가는 노인에게 젖을 물린 풍만한 여인의 가슴이 그려진 그림이 있다. 처음 보는 사람들은 부도덕함을 느낀다. 그런데 그 내용을 알고 나면 머리를 숙인다. 여인은 다 죽어가는 노인의 딸이다. 노인은 독립을 위해 싸우던 투사로 감옥에 음식반입금지를 당해 죽기 직전에 이르렀다. 죽음에 이른 아버지를 면회온 딸은 그 굶주림을 보다 못해 마지막 음식으로 그녀 자신의 젖을 물렸다는 스토리다.

"왜 그런 이야기를 저한테 하세요?"

간병인은 노인이 정말 이상하다고 생각한다. 그래서 아전인수 격으로 이야기를 꾸며댄다 생각한다. 이야기를 들은 동료 요양보호사들은 그럴듯한 이야기라고 킬킬거리며 웃었다. 웃었을 뿐더러 한 수 더 떠,

"너도 한번 그런 자비를 베풀어보지?"

"그 노인 돈은 많다더라."

"통장 관리인이 따로 있다던데?"

하고 거들었다. 저들이 접수한 정보통에 의하면 노인은 베스트셀러를 낸 잘 나가는 작가였고 그가 혼자 되뇌듯 말하는 여자는 정식 아내가 아니라 그의 어머니가 소망하던 씨를 받기 위해 데려와 함께 지냈던 인물로, 결국 그와의 사이에서 아이가 생기지 않자 떠나가버렸다는 것이었다. 그것도 아직 철없었을 때 이야기이고 노인은 평생토록 독신

으로 지냈다.

“세상에나, 어쩜, 그런 일이?”

간병인은 남자가 고환에 결핵이 들어 절제수술을 함으로 불임의 운명을 지게 되었다는 이야긴 첨이라 하였다. 이러한 남들의 이야기와는 또 별개 문제로 그는 한번만이라도 단 한번만이라도 그 일을 해봤으면 하는 막연한 욕망에 사로잡히기 시작한다. 젊어 혈기가 있던 때에는 정작으로 생각나지 않았던 욕구였다. 인간은 욕망의 굴레를 벗어날 수가 없는 본질적 문제를 타고났다는 것이 새록새록 새로 돋기 시작하는 그의 망집이다. 이 근원적 문제는 나이를 불문하고 치솟는 땅 속의 마그마 같은 것으로 불쑥불쑥 고개를 들어 육신을 충동질해 괴롭힌다. 이럴 때 그는 가브리엘 마르케스에 대해 이야기한다.

노벨문학상을 받은 마르케스는 나이 팔순에 어린 소녀를 찾아 창녀촌을 찾아가는 마술적 사실주의 소설을 썼다. 인간의 욕망은 땅속에 들어가기 전에는 사라지지 않는다는 것이다. 그게 본성이기 때문이다. 그 본성으로 인하여 억조창생이 창성할 수 있다. 창조주의 뜻이다. 이토록 강력한 욕망을 주지 않았다면 인구는 벌써 멸절상태에 이르렀을 수도 있다. 이 유희본능 덕분에 모래알처럼 창성할 수 있는 것이 인류종속 이론이다. 신은 창과 방패를 동시에 준 셈이다. 그런데 문제가 또 하나 발생한다. 자의가 아니게도 이 욕망을 실현할 수 없는 장애를 가지게 되는 사람들이 있다는 것이다. 신의 저주일 것인가, 아니면 특별한 관심의 대상일 것인가. 단순한 욕구충족이 아닌 인간 본연의 임무를 수행하고 싶은 또 다른 욕구불충족의 장애를 가진다는 것은 분명 참을 수 없는 괴로운 숙명이다.

이름은 잊었지만 일본의 한 수녀는 자신이 돌보고 있는 이러한 장애인의 인간적 갈증고통을 들어주기 위해 그의 자위행위를 돕고 있다고 했다. 이 기사는 즉각 논란의 저울대를 뜨겁게 달구었다. 우연히 한번 그런 게 아니라 일상적으로 돕는다는 기사였다. 수녀가 말했다. 밥을 떠먹여주는 것과 자위행위를 돕는 것이 무에 다를 것인가? 인간의 근원적 욕구를 무시할 수 있을 것인가? 인간에게 욕구를 준 것도 신이고 이의 남발을 징치하는 것도 신이라면 이 모순된 상반을 어떻게 받아들여야 할 것인가? 이러한 때 '노인과 여인'에서 그 해답을 구해야 할 것이라 했다.

행위 그 자체만 본다면 부도덕한 짓거리로 보여질 일이지만 그 정신적 고통을 따진다면 결코 외면할 문제가 아니다. 불구자가 남들이 하는 짓을 평생토록 꿈꾸어왔다면, 그런 장애에 시달려왔다면, 한번쯤 남들 다 하는 행위가 하고 싶은 충동을 느끼는 게 무슨 잘못일 것인가. 그는 아직 풀잎의 이슬처럼 더욱 영롱하게 빛나는 원초적 감각이 살아 있다는 것이 믿어지지도 않았고 감정대로 행할 수 없는 것이

서럽기까지 했다. 더군다나 이러한 이야기를 나눌 수 있는 상대가 없다는 것이 더욱 서럽다. 명줄 같은 시간의 줄에서 놓여나면 끝인데, 풀잎 끝에 매달린 이슬방울처럼 간들거리는 자신이 안타깝다. 때문에 이 안타까움을 시로 썼다.

"시는 은근슬쩍 하는 거라면서요?"

간병인은 노인이 시적 상징성으로 자기를 홀리려는 고단수 작업을 걸고 있다고 생각한다. 하지만 아무리 그가 많은 돈을 가지고 있다 하더라도 그의 꾐에 넘어가지 않을 단단한 무장을 하고 있다는 것을 그녀 역시 상징적으로 암시한다. 허튼수작하지 말라는 경고다.

"그렇지만 저한테는 안 통해요."

"오해는 마세요. 무슨 말을 어떻게 곡해했는지? 나는 우리 어머니 외에는 죄송하다고 말할 만큼 미안한 짓 한 사람 없어요."

간병인은 자신의 속마음을 들킨 것 같아 얼른 말을 둘러댄다.

"어머니한테 뭐가 죄송한데요?"

"가족의 번성을 소망했는데 결국 실망을 시켜드렸잖아요. 대가 끊긴 거죠. 바닷가 모래알처럼 창성하라 했는데…."

그러한 노인을 어머니가 손짓하고 있었다. 노인은 어린아이가 돼 '어머니'를 부르며 그 손을 잡는다. 이제야 시간의 줄에서 놓여날 때다. 이슬방울이 되고 비가 될 때인 것이다. 간병인은 얼른 손을 뺀다. 드디어 노인이 추태를 부린다 생각한 모양이다. 지금까지 해왔던 이야기들이 다 수작을 부리기 위한 사전작업이었을까? 마이산 신비 샘 이야기며 여인과 노인, 백년간의 고독, 장애아와 수녀 등등의 이야기들이 전부 작업을 걸어보기 위한 위선이 아닌가? 요양보호사 사이에는 이런저런 치매노인들의 망동에 대한 대처법을 논의하기도 했고 킬킬거리기도 해오던 터라, 이 문제를 핑계로, 집에서 출퇴근하기 더 가까운 다른 환자를 찾아 이적을 해야겠다는 생각을 한다. 그러한 간병인의 심중을 이미 꿰뚫은 노인이 말한다.

**2**

빛의 굴절은 보는 각도에 따라 달라진다.

**3**

그는 백만 부 이상 팔린 책이 있을 정도의 베스트셀러 작가다. 사람들이 물었다.

"무엇으로 돈을 벌었어요?"

"똥으로요."

"똥이라니요?"

"꽃이 된 똥요."

"똥이 어떻게 꽃이 돼요?"

그는 더 이상 설명하지 않았다. 현실적으로 불가능한 이야기를 해봤자 소용이 없을 일이다. 더 이상의 상상력이 없는 사람들과는 이야기할 필요가 없다. 그러한 사람들을 위해 그는 두 번이나 유언장을 썼고 상상력이 있는 아이들에게 돈을 쓰도록 했다. 그는 죽으면 아무 연고도 없기에 통장 관리인을 두고 있다. 그때는 땡전 한 푼도 없던 시절이긴 했지만 이런 멸절상태를 미리 염려해 마이산 신비 샘을 찾기까지 했던 것인데, 어머니의 소원대로 젊어 한때 가졌던 그 소원은 이루지 못했다. 걸음걸음 지난 날들을 돌이켜보면 눈물방울 같은 세월이었지만 그래도 이 세상은 아름다웠다고 그는 적었다. 이 아름다운 세상 떠나면 화장해 불태운 재를 여기저기 뿌려달라는 내용을 유언장에 썼다. 그래도 돈이 남거들랑 불쌍한 아이들에게 써달라는 부탁도 남겼다.

그에게는 아들이 없는 대신 아이들이 있었다. 당신의 아이는 없었지만 친구처럼 지낸 아이들이 얼마든지 있었던 것이다. 백만 명이 넘는 아이들이 꽃이 된 똥을 읽고 희망을 품었다. 그의 글이 무지개가 되었기 때문이다. 그는 젊어 한때 교회 종을 치는 종지기였다고 알려져 있다. 추운 겨울날 맨손으로 종을 치는 그에게 누군가가 물었다. 왜 장갑을 끼지 않나요? 장갑을 낀 채 종을 치면 그 소리가 둔탁해져 멀리 나가지 않을 것 같아서요. 그는 교회 문간방에서 기거했다. 아이들이 물었다. 거기 혼자 자면 무섭지 않아요? 무섭긴? 내가 가운데 누었으면 오른쪽으로 하나님이 왼쪽으로는 예수님이 나란히 누워 있는 걸….

그는 인생의 모든 생사화복을 주관하시는 이는 하나님이라 믿었다. 세상 모든 사람이 당신의 백성들임을 믿어 의심치 않았고 당신을 배신해 죽을죄를 진 것을 예수께서 십자가를 대신 짊어짐으로 대속하셨음을 또한 굳게 믿었다. 그는 십자가를 통해서만 그 나라에 들어갈 수 있다는 믿음으로 살아왔다. 그 중에서도 특히 아이들, 누구든 아이들같지 않으면 그 나라에 들어갈 수 없다는 말을 좋아해 평생을 때묻지 않은 아이들처럼 살기를 원했다. 그는 그러한 신비한 체험을 증거하기 위하여 책들을 썼다. 그의 작가정신은 오로지 십자가가 지닌 사랑의 의미를 선포하기 위함이었다. 그가 쓴 책이 많이 팔리고 학생들 교과서에까지 실리자 돈이 쏟아져 들어왔다. 놀라운 일이었다.

그는 빌뱅이언덕에 집을 지었다. 사람들이 물었다. 이제 부자가 됐는데 왜 그렇게 작은 집을 짓느냐? 이 집이 어때서요? 오히려 그가 반문했다. 방 한 칸 부엌 한 칸, 세속적인 계산으로 다섯 평밖에 안 되는 집이었지만 있을 것은 다 있는 집이라 했다. 한 인간의 삶의 가치는 집의 평수에 의해 결정되는 게 아니다. 거기 앉은뱅이책상을 하나 들여놓았으니 훌륭한 창작공간이 되었다. 이후 그는 거미줄처럼 줄

줄 더 많은 글들을 쏟아내었다. 세상은 꿈꾸는 아이들의 것이다. 그는 자기 아이를 갖지는 못했지만 백만이 넘는 아이들을 가진 아이들의 어버이가 되었다.

"내가 할 일은 이것뿐이야."

그는 자기밖에 모르는 사람에게서 우리라는 말을 상기하게끔 만드는 작품들을 만들어냈다. 사람에게는 각기 받은 달란트가 있다. 그는 마이산을 찾아가 내 가정, 내 울타리를 만들려고 했던 한때를 생각하며 왜 하나님이 자신에게 남들처럼 평범한 가정을 허락하지 않았던 것인가를 곰곰 되씹었다. 그에게 남다른 재능을 준 것은 남다른 일을 맡기기 위해서였다. 많은 사람들이 그에게 새로운 관심을 보이기 시작했다. 여기저기서 그의 이야기를 들으려 그를 초빙했다. 그는 단벌옷에 해진 고무신을 신고 나타나 이야기를 했다. 청중들의 눈을 의식하라는 주변 사람들의 권유에 못이겨 저들이 사주는 양복과 구두를 신고 행사장에 나타났지만 집으로 돌아오면 역시 헌옷에 검정고무신이 고작이었다. 이미 몸에 밴 검소하고도 절약적인 생활이 본이 되어 너도나도 고무신을 사 신는 작태까지 불러왔다.

이제 그는 작은 거인이 된 것이다. 사람들이 말했다. 작은 거인을 불러내 불의의 골리앗을 물리치는 데 이용하자고. 그는 본의 아니게 사회정의를 부르짖지만 그 자신이 다윗에 비교할 바 아니라는 건 잘 알고 있었다. 그가 주춤하자

사람들은 그를 몰아세웠다. 왜 현실을 외면하려 하느냐? 그는 갈등하기 시작하였다. 그의 꿈은 현실비판과 저항이 아니었다. 시·공을 뛰어넘는 그 나라의 건설이었다. 그는 민족역사의 한 장에 획을 긋는 대서사시 같은 '한티재'를 집필하다 말고 미망에 사로잡히고 말았다.

"나이 칠십이면 그럴 만도 하지."

사람들은 그가 너무 많은 일에 불려다니고, 너무 많은 글을 써 기력을 소진했다고 했다. 그 역시 그런 생각을 했지만 아직은 할 일이 많이 남았다는 미련을 버리지 못했다. 어떻든 문제는 빌뱅이언덕의 작은 집에서는 보호요양관리가 잘 안 되니까 건강관리를 할 수 있는 의료진과 간병인이 있는 시설로 그를 옮겨야 한다는 이야기들이 나왔다. 그는 이제 자기 의지대로 움직일 수 있는 독자적 행보를 영위할 만한 상태가 아니었다. 인생행로는 끝없이 이어지는 듯하지만 그렇지 못하다는 걸 누구나 다 안다. 절정에 이르렀다고 생각될 때 그 길은 툭하고 끊어지는 법이다.

그런데 이상도 하지. 그의 일부인 몸의 상태는 이런데 또 한 부분의 그 자신인 그의 정신은 더욱 말똥말똥하게 되살아나는 것이다. 사람은 몸과 정신이 하나로 합해져 사람이다. 어느 하나라도 서로에게서 이탈할 수가 없는 법인데 몸은 자꾸 이 세상을 떠나고 싶은데 정신은 마냥 붙들고 있고 싶은 그 무엇인가가 남아 있다. 그 붙들고 싶은 것이 그의 명성에 걸맞은 것이면 좋았을 텐데 영 그게 아니었다. 남들이 들으면 웃을 일이 그를 자꾸만 붙들고 늘어지는 것이었다.

그는 시시때때로 풍만한 젖을 빨고 있는 푸에리트리코의 독립투사가 돼 허기와 배고픔에서 벗어나는 꿈을 꾼다. 그런가 하면 수녀의 손을 빌려 자위행위를 하는 일본의 한 장애아가 돼 이제는 흔적도 없이 사라진 자신의 뿌리를 되찾는 꿈을 꾸었다. 아직도 욕망에 대한 미련을 버리지 못하고 있다는 점이 신기하기조차 하였지만 그는 그게 창조주의 능력이라 믿는다. 아이들이 가지고 노는 로봇을 보면 알 수 있다. 팽개쳐진 로봇의 배터리가 완전히 다 소진될 때까지 로봇의 움직임은 멈추지 않는다. 충전된 용량의 전력이 다 소모됐을 때 로봇은 비로소 멈춘다. 인간은 당신이 준 생명을 다 소진할 때까지 당신이 준 원초적 본능 하나하나 신경 하나하나까지를 지니고 있다. 이게 생명의 신비다. 몸이 하드웨어라면 몸을 움직이는 기력은 충전기일 것이고 정신은 프로그램화된 소프트웨어와 같은 것이다.

그는 늘 생각해오던 대로 자신의 몸과 정신을 구분해 점검해본다. 어느 한쪽에 탈이 났다고 해서 전체가 다 망가지는 것은 아니다. 서로 유기적인 관계를 가진 유기체일 테니까 상호보완적인 태도를 취할 수도 있을 것이다. 그렇다고 다시 기력을 완전 회복해, 하고 싶은 대로 들꽃을 찾아 뛰어다니고 싶은 호사를 꿈꾸지는 않는다. 때문에 그의 찻잔놀이는 그 무엇보다도 중요한 꿈이었다. 그 누구도 방해하지 않고 가지고 놀 수 있는 유일한 혼자만의 유희였기 때문이다. 이거야말로 그만의 자위행위였다.

"커피가 몸에 해롭대요."

어느 날부터인가 그에게서 찻잔을 앗아가더니 팔뚝에다가 링거를 꽂기 시작했다. 링거를 매단 상태로는 다디단 젖을 빠는 상상도 할 수 없게 되었다. 링거 줄은 수갑보다도 더 버거운 결박이었다. 그런데다가 호흡기를 코에다 들이밀었다. 이제는 숨조차도 제 맘대로 못 쉬는 억압된 상태에서 자신의 의지를 상실한 채 보호자라는 이름의 그림자들에 의해 움직일 수밖에 없는 존재가 되었다. 이 세상 소풍길에 올랐을 때 아무것도 모르고 왔던 것처럼 돌아갈 때도 아무것도 모른 채 떠나가라는 말인가. 거기에도 섭리가 있지 싶어 잠자코 입 다문 그였다. 그는 그렇게 온 길을 다시 되짚어가고 있다.

"이분이 그렇게 유명한 분이에요?"

"이름표를 보고도 몰랐어?"

큰 병원으로 옮겨간 뒤, 간호사들이 그의 유명세를 저울질하고 있었다.

"배웠잖아요? 우리 교과서에도 나온 작가인데."

"나도 그 책 읽었어. 그런데 넌 여태 그런 걸 기억하고 있니?"

아직도 동화 같은 걸 기억하고 있다니 오히려 놀랍다는 수간호사다. 그러한 선배에게 어린 수습간호사가 듣기에도 귀여운 말을 한다.

"내 평생에 이런 작가를 만날 수 있다는 것만으로도 행복해요."

아무짝에도 쓸모없이 여겼던 자신을, 남의 아픔을 위로하는 간호사의 길로 이끈 것이 바로 그가 쓴 일련의 동화책 덕분이라는 어린 수습간호사다. 그는 못들은 척하고 있지만 자신이 한 일에 대한 보람을 느낀다. 비록 표현을 해 칭찬은 못했지만, 마음속으로는 흐뭇한 자부심이 찬다. 사람은 자기를 알아주는 사람을 만나면 흐뭇하다. 인간의 말은 그 마음을 내비치는 거울이다. 그 거울은 본 대로 반사한다. 따라서 사람의 말은 그가 듣고 보고 겪고 느낀 대로 아는 만큼만 나타내게 돼 있는 것이다. 어른들의 세계는 너무 많은 것들을 보고 들어 그 말이 거칠어질 수밖에 없다. 당연히 이 거친 말들은 편견을 낳는다. 순수를 잃어버린 것이다. 그는 마지막 꺼져가는 의식의 등불에 심지를 돋우며 이 순수를 기억하려 애쓴다. 그러나 그러한 인식을 말로 표현할 수가 없다. 이제 충전이 해체되는 느낌이 전신을 감싸고돈다. 소멸의 순간이 온다. 강아지 똥이 꽃 속으로 들어갈 때 이랬을까? 그는 무지개다리를 건너고 있었다.

"환자가 이상해요."

어린 수습간호사가 먼저 이 느낌을 전달받았다.

"박동기가 멈췄네?"

심장박동기기의 수치를 들여다보던 간호사가 급히 의사를 부르러 나가자 그는 나직이 신음소리 같은 마지막 말을 내뱉었다.

"어머니, 어머니, 어머니!"

어린 수습간호사만이 그 소리를 들었다. 그는 이제 그가 시에서 노래했던 아름다운 세상 소풍을 끝내고 돌아가는 길이다. 그가 갈 곳은 오로지 어머니의 품밖에 없었다는 것일까? 그는 어머니를 세 번 불렀다. 그러면서 어린 수습간호사에게 손을 내밀었다. 간호사는 그의 손을 잡았다. 마지막 가는 사람답잖게 손이 따스했다. 그는 간호사의 손을 잡고 민들레가 활짝 핀 두렁길을 걷고 있었다. 그가 강아지 똥을 주어 키운 수많은 꽃밭이었다. 거기 꽃잎처럼 많은 아이들이 뛰놀고 있는 것이 보였다. 꽃길 저 너머 어딘가에서 은은하게 종소리가 들려왔다. 그가 치던 그 종소리였다.

"어머니 이것 보세요. 내가 누굴 데려온 줄 아세요?"

그가 부른 어머니는 외갓집 마당에 서 있었다. 올 데 갈 데 없는 어린것들을 외갓집에 떼놓고 살 길을 찾아떠났던 어머니가 돌아온 것은 그해 가을 추수가 끝날 무렵이었는데 마침 마당 한쪽 귀퉁이에 있던 감나무 둥치에서 매미 허물을 떼어내 갖고 놀던 그는 어미 손에 들린 먹을 것을 보고 쏜살같이 뛰어가다가 돌부리에 걸려 턱이 찢어지는 상처를 입었다. 그래도 아픈 줄 모르고 어머니 품에 달려들어 치마에 피를 묻혔다. 어머니가 그랬다. 치마야 씻으면 될 일이지만 사내자식이 그렇게 촐랑대는 것이 아니라고. 뿔뿔이 흩어진 가족이 다시 모여 살기 시작하며 가정의 화목이 생기는 듯했지만 아버지는 그리 오래 살지 못했다. 어머니 역시 마찬가지였다. 그때 어머니의 당부가 그것이었다. 집안의 대를 끊는 것은 옳지 못한 일이라고. 형이 죽었느니 이제는 네 책임이라고. 하여 여자를 만나 후손을 도모해보았지만 뜻대로 이루지 못했다. 그러한 어머니가 마지막으로 나타난 것은 종지기로서 종을 칠 때였다. '그때의 그 매미 허물을 기억하느냐? 언젠가는 허물을 벗고 다시 우화할 날이 올 것이다.' 그 등천을 상기시키는 어머니를 그는 무려 세 번씩이나 불렀다. 그러나 아무도 그 말을 알아듣지 못했다. 듣지도 않았다.

"이제 이 사람이 우리 대를 이어줄 거예요. 두고 보세요."

어린 수습간호사만이 그의 말을 들었다. 어머니에게 데려가 한 그 말은 곰곰이 씹어보면 큰 의미가 담겨 있을 법한데, 어린 수습간호사는 아무런 토를 달지 않았다. 마치 그의 뜻을 이해했다는 듯 그저 웃어보일 뿐이었다. 마지막 가는 사람을 위해 그의 거짓쯤은 얼마든지 들어줄 수 있다는 듯 손을 잡힌 채 가만히 서 있었다. 아니면 그의 말이 무엇을 의미하는지 몰랐을 수도 있었을 것이다. 그만큼 순진했을 수도 있었으니까. 꽃은 아무 데서나 피는 게 아니다. 불신과 편견과 자만이 가리고 있는 암흑의 차디찬 유리벽 속에 갇힌 어둠 속에서는 아무리 영광스런 빛이 쏘아대도 통과되지 않는다. 그 지저분함에 투영되는 굴절은 어둠의 파장뿐임으로 아름다운 꽃은 피울 수 없다. 때문에 매일 아침 얼굴을 세수하듯 자신의 마음거울을 닦을 일이다. 마음속 꽃을 피우기 위해 기도해야 한다. 기도는 소통이다. 이 잠시 잠깐의 이심전심은 무엇이었을까? 어린 수습간호사의 생각이었을까? 아니면 그의 생각이었을까? 동시에 두 사람의 생각이 한 데로 모였던 이러한 공감대의 형성이 실재할 수 있을 것인가? 이 세상에는 과학적 설명이 불가한 일들이 비일비재하다는 것은 알지만 참으로 신묘한 일이다.

그가 떨군 마지막 눈물을 보고, 어린 수습간호사가 말했다.

"꽃잎에서 떨어지는 이슬방울을 보는 느낌이었어요."

보는 눈에 따라 스펙트럼은 달라진다.

한 인생의 마지막 길에서 세 번씩이나 거푸 부를 수 있는 이름이 어머니였다는 것은 그가 얼마나 그 품에 다시 안기고 싶었는지를 대변해준다 할 것이다. 그리고 그 마지막 말이 공식적으로 남겨놓은 유언장에도 들어 있지 않는 유언이라는 사실은 인간의 가장 밑바닥에 앙금처럼 남아 있는 의식이 아닐 것인가? 그게 최후의 순간에 나타난다는 것은 그게 그의 가장 간절한 소망이 아니었을 것인가? 이 세상 소풍 잘했다는 그 말 다음에 남긴 말이 가장 허세 없는 본질이었을 수도 있다.

세상에서 가장 값비싼 그림 중에 폴 고갱이 죽기 얼마 전에 그렸다는 〈우리는 어디서 와 무엇을 하고 어디로 가는가?〉라는 작품이 있다. 인간에 대한 원초적인 질문이다. 인간은 어디서 온 것일까? 인류생성의 문제를 따지기 이전에 모태를 떠올린다. 나를 낳은 어머니, 그 어머니라는 말 속에는 먼저 당신들의 사랑이 녹아 있어야 한다. 좋아 만났건 미워 만났건, 두 분 결합이 없었으면 나라는 존재는 생길 리 없다. 사랑의 결합이 종자가 되는 것이다. 그리고 이 씨앗이 세상 빛을 본 이후로 모성이라는 사랑을 받아 신생아로 탄생하고 자랄 수 있다. 이 성장과정에서 받는 스킨십이 일생을 지탱하게 만드는 인성의 한 부분을 결정짓게 되는 것이다.

그의 일생은 일본 도쿄의 한 빈민가에서부터 시작되었다. 아버지는 거리의 쓰레기를 줍는 일로 생계를 유지할 정도의 가난을 면치 못했지만 아이들을 위해 헌 책을 주워다 읽히게 할 정도로 교육열이 높았다. 후일 그가 작가가 된 배경에는 맹모삼천지교 같은 이 부모들의 소망이 있었던 것으로 풀이된다. 해방을 맞아 고국으로 돌아왔지만 저들은 소위 말하는 귀국거지들로 몸 편히 뉠 곳조차 없었다. 생계를 위해 가족들은 뿔뿔이 흩어져야 했고 아직 어린 그는 외갓집에 의탁할 수밖에 없었다. 이후 살기 위해 온갖 일을 했지만 현실은 여의치 않았고 평생 그를 괴롭히는 결핵이라는 지병만 얻었을 뿐이었다. 그러한 그에게 어머니의 존재는 따뜻하고 포근한 비밀의 화원 그 자체였을 것이다. 그가 마지막 세 번을 부른 이름이 그 어머니였다는 것은 이상한 일이 아니다. 그런데 그는 어머니가 그토록 바라던 손 잇기를 하지 못했다. 그 대신 수많은 버려진 아이들을 돕기 위한 재단을 설립했다. 그게 과연 어머니가 바라던 소망인가는 미지수다. 때문에 아직 손을 들어 어머니를 부르고 있는 것이다.

"어머나, 이것 봐."

어린 수습간호사가 놀란 듯 혼자 중얼거리는 소리를 그는 듣고 있었다.

"눈물을 흘리고 있잖아."

그의 눈에서 한 방울 눈물이 흘러내리는 것을 어린 수습간호사가 발견하고는 아직 숨이 넘어간 것은 아니라고 말한다.

"아직 살아 있어."

그러나 의사는 이미 작동을 멈춘 계기판을 판독한 후로는 그의 인생에 종지부를 찍는다. 사망 시간은…. 이 사무적이고 기계적인 의사의 말을 받아 적어 기록으로 남긴 어린 수습간호사는 의사의 말과는 상관없이 그의 손을 잡았다. 그의 손이 약간 들린 듯 파르르 떨고 있었기 때문이었는데, 그 순간 그는 그 가녀린 손을 통하여 알 수 없는 따뜻함을 느꼈다. 그가 그토록 열망하던 착한 여인의 손결이었다. 그것은 수갑을 찬 채 딸의 젖무덤을 움켜잡고 빨아대던 젖물과도 같은 간절함이었고 처음 어머니 품에 안겨 첫 수유를 받던 기쁨이기도 했다. 그는 마지막으로 다시 한번 어린 수습간호사의 이름을 물었지만 그 소리는 입 밖으로 말이 되어 나오지 못했다. 아마 아무에게도 들리지 않는 소리로 부른 마지막 말은 그의 손을 잡아준 어린 소녀에게 하려던 말이었을 텐데, 만약 그가 순수한 마음을 잃지 않은 어린이에게 할 말이 있었다면 과연 어떤 말이었을까? 하는 인다까움을 남겼다.

생물학적 목숨을 다했다 하더라도 아직 유체를 떠나지 않은 영혼이 있다. 그 영혼이 말한다. 순수를 잃지 말라, 그게 꽃이다. 현대과학이 증명할 수 없는 또 다른 차원의 세계가 있을 수 있다. 이때 어린 수습간호사는 그의 가슴속에서 책이 하나 슬며시 떨어져 내리는 것을 보았다. 언제부터 지니기 시작했든지 표지가 다 닳아 해진 성경책이었다. 비록 해진 책이지만 그걸 가지라는 것 같았다. 어린 수습간호사가 성경책을 들어 그 속을 펼쳐보았다. 책 속에 무수한 빨간

줄이 쳐져 있다. 작가는 이 이야기를 하기 위해 자신의 생을 바쳤을 것이다. 그는 그러한 이야기나라를 만들기 위해 한 평생 기도했을 것이고 기도 내용을 작품화했을 것이다. 죽음을 처음 보는 어린 수습간호사가 그러한 그의 마지막 유언과 유품을 챙겼다는 것은 아이러니한 이야기 같지만 이야기는 이야기다. 소설은 인간의 존재를 규명하는 이야기이고 절대적 상상의 소산이 아니던가.

**4.**

사랑하라. 편견을 깨라. 귀 있는 자는 들을지어다.

# 둑길

## 1 개를 데리고 둑길을 걷는 노인에 관한 소문

노인이 둑길을 걸어서 다리목까지 가는 시간은 정확히 두 시간.

일부러 재어본 자동차 미터계로 사백 미터. 그거 걷는데 두 시간이면 이건 걷는 게 아니라 숫제 기어간다는 표현이 옳다. 노인은 매일같이 그렇게 걷고 있었다.

"어떻게 그 시간까지 다 알아요?"

그는 어제 일을 설명한다. 우리가 한 시에 읍으로 내려갔었잖아? 그리고 올라온 시간이 세 시였단 말이야…. 내려갈 때 양평다리 앞에서 만났고 올라올 때 여골다리 앞에서 다시 만났다. 그러니까 정확히 두 시간이지. 어디 쉬었다 오는지 어떻게 알아요? 강바람이 이렇게 센데 어디서 쉬나, 들를 곳이 있어야 말이지.

학동에서 읍내 운동장 앞까지 직강공사로 생긴 강둑의 총연장 길이는 팔 킬로미터쯤 되는데 노인은 그 중간 양평~여골 사이의 사백 미터 둑길을 매일같이 걷고 있다. 오는 데 두 시간이면 가는 데도 두 시간, 하루에 네 시간 걷기운동을 하는 셈이다.

사백 미터 걷는데 두 시간이라면 가히 필사적이라 할 수 있는 행보다.

양 둑길 안으로는 얼어붙어 빙판이 된 개천과 강바람을 맞아 스적거리는 갈대가 바람에 흔들릴 뿐 삭막한 풍경이다. 둑길 밖도 마찬가지다. 바람에 찢겨 날아간 비닐하우스 몇 동이 있어 뻰쩍거리는 햇살을 반사시키지만 이 역시 차갑게만 느껴질 뿐이다.

이 인적 드문 둑길에 노인이 나타나 걷기 시작한 것은 꽤나 된 모양인데 처음엔 별로 그 존재를 인식하지 못했었다. 바깥출입이 별로 없는 우리여서 그랬든지 외출하는 시간대가 맞질 않아서 못 보았든지 노인의 존재에 특별한 관심이 없어서였든지 갑작스런 노인의 출현을 의식한 우리는 노인을 주인공으로 소설을 쓰기 시작하였다.

"중풍인가봐."

명아주 지팡이를 짚은 것으로 보아서는 그래도 집안에 누군가 보살펴주는 이가 있는 것 같은데 입성은 그리 깨끗하지 못하다. 손쉽게 물세탁할 수 있는 합성수지에다가 싸구려 티를 입은 그는 헐렁한 등산화, 털모자를 쓰기는 하였지만 삐져나온 머리칼도 부스스하였고 얼굴도 약간 푸석하게 삭았다. 턱이 각지고 이마가 넓은 것을 보면 O형이고 적극적인 성격이었던 것 같다. 그렇다면 지금까지는 활동적이었던 인물임에 틀림없다.

그는 정확하게 한 시에 마을을 나와 둑길을 걸어올라왔고 세 시에 되돌아간다. 그러자면 아마 점심을 먹고 집을 나서는 게 분명하다. 아니면 늦게 일어나 아침 겸 점심인 '아점'을 들고 나오는지도 모를 일이었다.

하나씩 궁금증이 더해갈 무렵 아내가 뉴스를 물고 왔다.

"그 양반 한때는 잘 나가던 사장이었대요."

그봐, 내 짐작이 맞았지? 우리가 그를 두고 '좀머씨'니 '둑길나그네'니 '황혼의 마라토너'니 하는 별명들을 붙여주고 있을 무렵 아내가 듣고 와 전하는 뉴스에는 그 사람 젊었을 땐 잘 나가던 사람으로 '순 바람둥이'였다는 첨언이 있었다.

아내의 반응은 당연히 '당해도 싸지'다. 그 때문에 한바탕 전쟁이 붙을 뻔했다. 아내는 바람에 대해 민감하다. 그는 바람에 대해선 일단 침묵하는 편이고 아내는 '바람'의 '바' 자만 나와도 핏줄이 솟는다. 그는 그럴 때마다, 젊어 한때 저지른 바람에 대한 응보라고 마음을 다잡아 누르며, 미당 선생을 내세워 '그 양반을 키운 건 팔 할이 바람'이라는 말로 우선 불길부터 잡는다.

아내는 미당 선생이라면 꼼짝못한다. 사부님 댁을 방문하면서 맥주 한 병을 달랑 사들고 가는 실수를 저지른 것이다. 스승의 집을 찾아 공덕동을 갔더니 사당동으로 이사를 갔다고 했다. 길을 물어 택시를 탔다. 집 앞 구멍가게에서 선생이 좋아하는 술이 맥주란 말을 듣고 그걸 한 병 사서 든 것까지는 좋았는데 막상 집안에 들어가 보니 맥주를 박스째 놓고 물처럼 마시고 있었다. 맥주 한 병을 달랑 사 든 촌닭들을 보고 스승은 그래도 웃으셨다. 그때를 떠올리면 지금도 모골이 송연한데, 그래야 하는데, '당신이 그렇게 유명해?' 유명해지고나 그렇게 말하면 씨알이 먹혀들어가지….
이쯤 되면 또 며칠은 간다.

초동 진화가 잘 되었는데도 냉전은 며칠이 갔다.

그런대로 침묵시위가 끝났나.

이날 또 노인네를 지나치며 아내가 입을 열었다.

"그 사람 얼마 전에 퇴원해 나왔는데 암수술 받았대요."

아내의 시위는 오래가지 않는다.

입이 근질거려 못 참는다.

**2 중늙은이가 상늙은이를 바라보는 시선**

노파는 나뭇단을 이고 지고 안고 끌고 다녔다.

벌써 몇 년간을 그렇게 하고 사는 것을 봤다. 다 해진 옷을 입고 머리 한번 감는 법이 없다. 신발도 늘 짝짝이 장화고 손은 갈퀴 같다. 나무를 해 나르지 않는 날은 둑길 가장자리를 쪼아 텃밭을 일구는 일을 했다. 그 수확량이라는 건 아주 작은 것이어서 혼자 먹기에도 빠듯할 정도다. 그런데도 하루도 쉬지 않고 일하는 노파다.

"저 할머니 부자래요."

우리가 처음 이리로 왔을 때 아내가 캐낸 정보다.

반쯤은 둑길 아래로 묻혔지만 번듯한 집이 두 채나 된다. 게다가 한 채는 2층 양옥집이다. 2층은 아들 내외가 살고 아래층은 읍내로 출근하는 사람이 세 들어 살 정도로 좋은 집이다. 그 옆에 있는 기와집이 노파가 기거하는 곳이다. 들리는 말에 의하면 아들 내외가 바로 옆에 살지만 한솥밥을 먹지는 않는다.

노파는 아직까지 나뭇가지 주워 밥해 먹고 군불 때고 채마밭 푸성귀 뜯어 자취하는데 익숙해져 아무리 아들 내외가 밥상 차려놓고 기다려도 오지 않는다 했다. 이 역시 아내가 입수해온 정보들인데 한마디 말로 고집불통이라는 것이다.

"생전 가야 말 한마디 없다니까…."

그 속을 누가 알겠느냐? 그 내력도 모르고 사람들은 며느리 욕을 한단다. 실어증인가…. 심한 충격을 받거나 갑작스런 고통을 겪으면 그렇게 된다는데…. 아내도 한동안 이 실어증을 치유받은 적이 있다. 동병상린이라 그런지 아내는 노파에 대해선 호의적이다.

"그렇다고 저래 던져두나?"

"그게 아닐 수도 있지요. 잔손을 움직여야 건강에 좋다니까."

사실은 우리가 이리로 거처를 옮겨온 것도 그 '잔손 움직이기'를 위해서다. 자연은 모든 것을 치유한다. 사람도 자연의 일부이기에 자연스럽게 살면 그동안 부자연스러움 속에서 빚어진 부작용들이 모두 씻겨져 나간다. 그런데도 아직 그게 완전 치유되지 않아 통원치료를 겸하는 중이다.

아무튼 우리는 이리로 이사를 오고 난 후부터 노파를 관찰하기 시작하였고 차츰 그 풍경에 익숙해져 들어갔다. 사람 사는 일도 주변 풍경의 한 폭이어서 늘 눈에 익숙한 것은 그저 있으니까 있을 뿐인 존재가 돼 금방 잊혀지게 마련인가. 노인이 등장하고 나서부터는 노파의 존재에 대해 잊어버렸다. 아니다, 엄밀히 말하면 잊어버린 게 아니라 노파가 자취를 감추어버려 보이지 않았다는 표현이 맞다.

노인이 둑길을 걷기 시작하면서부터 노파는 일터에 나오지 않았다. 둑길의 일부인 것처럼 늘 나와서 텃밭을 가꾸고 나뭇단을 이어 나르던 노파의 모습이 보이지 않자 우리는 그게 몹시 궁금해지기 시작하였다.

"맘이 어디 아프신가?"

그 무렵 우리는 노파를 그랜드맘이라 부르고 있었다. 그 부지런함을 높이 샀기 때문이다. 사람들은 TV나 신문 같은 데 나와야 그 사람의 일이 가치 있는 것이라 생각하고 보통 사람들이 하는 일은 아무것도 아니라고 생각한다. 그러나 저 나이에 저 정도 독립생활을 하는 사람이라면 대단한 철학을 가진 게 분명하다. 생활철학이란 저술을 통해서만 성립되는 게 아니다. 생활 그 자체에서 읽혀져야 한다. 읽힘으로 판독되는 게 아니라 생활 그 자체인 것이다.

"그랜드맘이 세상을 뜨면 우리 사부가 하나 사라지는 셈인데?"

"그럴 리가요."

아플 사람이 아니란 게 아내의 지론이다. 비가 오나 눈이 오나 항상 나무 한 단 해서 이고 지고 끌고 할 기운이었는데 일시에 무너져 내릴 사람이 아니란 것이다.

그런 어느 날 그는 자전거를 타고 천천히 둑길을 가다가 그 원인을 알았다. 그 원인이라기보다는 차를 타고 휙휙 지나칠 때 못보았던 할머니의 또 다른 모습을 엿보게 되었다는 말이 옳겠다. 실로 우연스러운 일이라 믿기지 않았지만 노파는 창문을 통해 둑길을 오가는 사람을 살피고 있었는데 나와 눈이 마주치자 얼른 커튼을 내려버렸다. 내려갈 때는 우연이려니 하고 그 생각을 지우려 애썼는데 올라오다 보니 역시 같은 동작을 하고 있었다.

"빅뉴스야, 아니 이거야말로 소설감이야."

그는 혼자서 흥분했다.

노파는 노인이 지나가기를 기다렸던 것이다. 그는 그것을 훔쳐보기 위해 강 건너편 둑길에 서서 파파라치 노릇을 했다. 왜 그랬을까? 지금 이 글을 쓰고 있으면서도 그 이유를 모르겠다.

"당신 그 일에 무슨 재미붙였어요?"

그건 엄연한 사생활침해라는 말을 들으면서까지 그는 자전거를 몰고 둑길을 어슬렁거리기 시작하였고 저들의 관계를 살피기 시작하였다.

정말 기적 같은 일이 일어났다.

한동안 숨어지내던 노파가 모습을 드러내기 시작할 무렵 노인은 개를 대동하지 않고 혼자 걷기 시작하였다. 그 걸음걸이에 약간 힘이 들어간 듯 발길을 떼는 속도도 좀 빨라진 듯했고 지팡이를 짚고 옆으로 비치적거리는 각도도 약간 곧게 펴진 듯했다.

노파는 집 앞 둑길에 아무렇게나 쌓아놓은 볏짚더미 옆에 서서 노인이 지나가는 모습을 물끄러미 바라본다.

처음엔 소 닭쳐다보듯 하던 것이 차츰 지나간 사람의 등뒤를 먼 빛으로 훑어볼 정도로 오래 지켜보고 서 있다.

이 두 줄의 행간이 벌써 며칠에 걸쳐 일어난 변화 과정이다.

그리고 며칠을 더 지켜본 과정 역시 두 문장으로 표현된다.

둑길 조경을 위하여 심은 벚꽃나무 아래 커다란 바윗돌이 하나 있는데 노파는 이제 그 돌 위에 앉아 멍하니 기다리는 시간을 가진다. 그러다가 노인이 지나가고 나면 그 지나간 쪽을 향하여 고개를 돌린다. 고개를 옆으로 돌려 바라보는 모습이 영락없는 해바라기다.

노인은 그 앞을 봉사처럼 지팡이를 두드리며 지나치고 있었고 노파는 바위 위에 걸터앉아 마냥 바라만 본다.

그러나 어느 쪽도 말을 거는 법이 없다.

## 3 첫눈 오는 날 명동성당에서 만나자던 사람

그날 따라 시위는 더욱 고조되었다.

성당을 가득 메운 시위대들은 여차하면 휘발유를 몸에 붓고 분신을 할 태세로 만반 무장을 하였다. 속속 전해지는 뉴스 속보에 귀를 기울이며 그는 시계를 들여다보았다.

— 십 년 후 첫눈 오는 날 명동성당….

그녀의 말이 떠오르자 일이 손에 잡히지 않았다. 그림자처럼 따라다니던 말. 십 년 후 첫눈 오는 날. 다시 만날 때까지 언제까지나 십 년 후. 또 십 년 후….. 오 헨리는 그의 단편 「20년 후」에서 두 주인공을 한 사람은 지명수배자로 또 다른 한 친구는 경찰관으로 등장시켜 우정과 선악을 대치시켜 소설의 재미를 더 했다.

우리의 십 년 후는 어떨까? 유명인사가 떠나면 망명이고 무명인사가 떠나면 도피가 되는 이민을 신청하고 난 뒤 그녀가 한 말이다.

오늘 첫눈 온다고 그랬지요? 요새 일기예보 와봐야 오는 거죠. 마침 '지금 그 사람 이름은 잊었지만… 그 눈동자 입술은 내 가슴에 있네….' 박인희의 노래가 흘러나온다. 이건 분명 택시기사의 취향이 아니라 오늘의 약속을 상기시켜주는 하늘의 뜻이기도 하리라.

그는 설레는 마음으로 명동성당 앞에서 택시를 내렸다.

"못 들어가십니다."

"왜요?"

"상부 명령입니다."

전경은 단호하였고 그는 이 물리적인 힘을 이길 재간은 없었다. 그 누구도, 어디로부터 오는 하달인지 모르는, 이 명령체계를 거슬러 성당 안으로 들어가는 사람이 없었다.

눈은 오는데
명동성당 첫눈이 내려쌓이는데
성당의 종소리 멎고 총성이 울렸다
최루가스에 눈물 흘리며 흩어져가는 사람들 사이로
이 어느 나라 법이냐 울부짖으며 끌려가는 시민들 틈에
아, 그대 모습 스쳐지나가듯 부서져 내리는데
약속은 지키라고 있는 약속은 허공 중에 맴돌고
알래스카 그 먼 곳에서 날아왔다 해도
내릴 곳을 찾지 못하는 눈발이여
눈은 오는데

그는 창고극장 옆 찻집에 앉아 메모를 남기고 떠난다. 필시 아무도 읽어줄 이 없을 글이었다. 아니다. 언젠가는 읽어줄지도 모를 전언이었다.

광화문은 말 그대로 대명천지가 아닌 미친 불길에 휩싸여 있었다.

그날 그는 붙들려갔다.

— 왜 이 체제에 도전을 하십니까?

— 도전이라니요?

그는 실컷 얻어터지고 두 무릎을 감싸안고 그곳을 기다시피해서 나왔다. 민주는 그렇게 해서 오지 않는다 했다.

— 서명을 하시지요.

— 못합니다.

그는 그렇게 말하지 못했다. 집에는 올빼미눈을 한 처자식들이 있었고 그 혼자의 능력을 믿고 사는 사람들이, 그를 믿고, 빵을 사오기를 기다리고 있을 것이었다.

그는 이미 가정의 울타리 속에서 안주하기를 바라는 소시민이 되어 있었다. 그녀가 떠난 후 그에게는 자유나 민주같은 대의적 의지가 남아 있실 못했다.

— 맘 편히 주무시려면 입조심하는 것이 좋을 겁니다.

어디까지나 자발적 서명이라는 걸 명심하란 이야기였다.

그는 그간 쌓아온 탑들이 하루 아침에 무너져 먼지가 되는 것을 보면서도 아무 말 못하고 말았다. 세상이 그런 걸 어떻게 해요? 당신 혼자 속 끓인다고 해결나요? 더 큰 덩치들도 펑펑 나자빠뜨리는데….

당신이 무슨 통뼈야?

그는 통뼈가 아니었다. 뿐더러 현실적 무능력자였다. 시는 돈 되지 않았다. 작품으로 세상을 개혁한다는 건 허망한

꿈에 지나지 않았다. 현실타개를 위한 역사인식 같은 건 개에게나 물려줄 뼈다귀였다. 그렇게 그는 절망해나갔고 굴복당했다. 한강 물만큼이나 많은 술을 들이켜도 갈증은 풀리지 않았다.

— 이제 가난이 지긋지긋하지?

이런 거 한번 써볼래? 돈 되는 글은 얼마든지 있었다. 이러다가 재벌 되는 거 아냐? 문필업자는 성업을 이룰 수 있었다. 그런데 왜 그것도 싫증났을까?

그는 홀연 모든 것들과 결별했다. 핑계거리가 좋았다. 당신의 건강을 위해서. 피폐해진 정신을 되찾기 위해서. 자연과 하나되어 살기 위해서. 일단은 그 일에 성공했다. 달나라 가기만큼이나 어려운 고향에 되돌아와 안착을 한 것이다. 그런데 이 무슨 냉대? 선지자도 고향에선 대접받지 못했대요. 누가 뭐 대접받는댔나, 있는 그대로만 인정해줬으면 좋겠다 이거지. 어떻게 그런 야무진 꿈을? 애꾸눈 나라에 가면 두 눈 달린 짐승이 이상한 취급받는 거 몰라요?

푸시킨은 생활이 그대를 속일지라도 슬퍼하거나 노하지 말라고 권고한다. 블라디보스토크에 가면 푸시킨의 동상이 두 개 있다. 하나는 예술대학 정원에 있는 전신상인데 삐쩍 마른 몸으로 고뇌에 가득찬 눈빛을 하고 있다. 또 다른 하나의 동상은 조금 내려온 언덕배기의 혁명전사기념공원에 안치돼 있는 금빛 곱슬머리 흉상이다. 이 동상은 기름기가 번

지르르하다. 왜 같은 인물의 모습이 이렇듯 다를까? 시인은 세상 고뇌를 짊어지고 있어 그렇고 혁명전사는 인민의 피를 빨아 잘 먹고 잘 살아 그렇단다.

누가 내린 해석인지 몰라도 그럴듯하다.

과연 혁명전사는 깃발 날리는 자리에 앉는다. 시인 따위는 저리 가라다. 한 인물의 두 기념물을 두고도 각기 그 판단과 조명이 다르다. 그렇지만 결국엔 시인이 윗자리를 차지한다. 구소련이 망하자 혁명공원의 불빛은 꺼졌다.

그는 지구촌 구석구석을 다니며 보았다.

그리고 깨달았다.

역사를 보면 내일이 보인다.

### 4 지금 그 사람 이름은 잊었지만

둑길을 걷던 사람들의 발길이 뜸해졌다.

보건소에서 실시하는 건강증진책으로 마을마다 걷기운동이 펼쳐졌는데 동절기운동은 오히려 건강을 해칠 우려가 있다고 봄이 올 때까지 쉬기로 했다 한다. 어떤 마을은 금연운동을 벌였고 또 어떤 마을은 요가와 생활 스포츠댄스를 신청해 지원금을 받았다.

"노인이 무슨 독고다이야?"

매서운 날씨인데도 저 혼자 걷기운동을 계속하고 있는 노인을 보고 사람들은 걱정하듯 빈정대기까지 하였다. 그 잘 나가던 시절에 고향을 위해 느티나무 아래 정자라도 하나 세워주었더라면 이렇듯 외면당하진 않았을 것이라는 이야기였다. 하다못해 그 흔한 버스 탈 곳이라도 하나 만들어 주었더라면 마을버스 기다리는 사람들 찬바람은 피할 수 있지 않았을 거냐는 수군거림이다.

이제 마을 사람들도 노인에 대한 존재를 인식한 모양이다.

노인도 산 사람인지라, 그리고 누구 말처럼 산전수전 공중전까지 세상풍파 다 겪은 사람인지라 알게 모르게 쑥덕거리는 소리들을 귀담아듣고 있었을 것이다. 못들은 척하고 있어도 들리는 게 소문이다.

노인은 이날도 명아주 지팡이를 앞세워 둑길을 걷고 있다.

이웃이 쑥덕거릴수록 사람이 그립다.

옛날 이집트라는 나라에 커다란 스핑크스가 있었어요. 그 스핑크스는 지나가는 사람들에게 수수께끼를 내 해답을 못 맞히면 잡아먹었더래요. 그 문제가 뭔지 알아요? 아침에는 네 발로 걷고 낮에는 두 발로 저녁에는 세 발로 걷는 짐승이 뭐냐? 이거예요. 뭔지 알겠어요? 맞혀보세요. 모르죠, 모르는 거죠? 그럼 잡아먹겠어요, 으앙! 지금은 그 사람 이름도 잊었지만 아직도 맘속에 남아 있는 그림자. 그는 그 사람 이름을 애써 기억해내려하지 않는다. 이젠 다 부질없는 세월의 저편에서 흔드는 손수건이다.

노인은 차가운 바윗돌에 걸터앉은 노파를 본다.

본다는 것은 인식한다는 것이다.

인식한다는 것은 느낀다는 것이다.

느낀다는 것은 무언가 끌린다는 뜻이기도 하다. 노인은 언제나 하던 버릇대로 꼬리에 꼬리를 무는 의식의 단초를 풀어나간다. 세월에 휩쓸려 사업에 목매달기 전에는 그래도 인류평화도 꿈꾸고 책들도 읽었다. 책 속에 길이 있다라는 말을 만고진리라 믿었던 때도 있었다. 돈을 탐하고 나서부터는 이 만고진리가 무너져내렸지만 사업 잃고 건강 잃은 지금에 와서는 건질 것 하나 없는 홍수 난 자리라는 것을 안다. 때문에 만사가 다 귀찮다. 오로지 몸이 오그라들지 않기 위해 걷고 또 걸을 뿐이다. 그런데 이 노파, 아니 이 여자…. 왜 매일같이 이 차가운 돌바닥에 앉아 있는가? 무얼 기다리는가, 아니면 무슨 생각을 하고 있는 것인가. 노인은 그저 한두 번 지나칠 때 가지지 못했던 궁금증을 품기 시작한다. 궁금증은 호기심을 낳고 호기심은 마침내 용기를 내게 만든다.

노인은 그저 가만히 노파의 옆자리에 엉덩이를 붙이고 앉는다.

노파는 움찔 자리를 비켰지만 아주 멀리 떨어져 나앉진 않는다.

첫날은 그것으로 끝이었다.

둘째 날도 셋째 날도 그뿐이었다.

누가 보면 웃을 일이겠지만, 둘은 그렇게 몇 날 며칠 속을 앓으면서도 서로 말을 붙이지 못했다. 두 사람은 그저 그렇게 석고상처럼 앉아 서로 다른 곳을 쳐다볼 뿐이었다.

이 무렵 그는 두 사람이 하나의 바위 위에 앉아 있는 것을 목격했다. 그리고는 아이들 말투로 중얼거렸다.

"둘이 사귀나?"

"사귀기는 뭘 사귀어, 본처봉이구마."

아침 TV에서 도담삼봉에 관한 이야기가 나왔었다. 본처가 잉태를 못해 씨받이를 둔 남편의 시앗이 아이를 낳았다. 본처는 돌아앉았고 남편은 첩을 향해 또 돌아앉았다. 아내가 본 두 사람의 이미지는 서로 돌아앉은 형상이란 말이겠다. 그렇다면 아직까지 가시가 그대로 박혀 있다는 뜻이겠다. 생각하는 대로 보이는 것이 마음의 눈이다. 아직도 응어리진 게 풀리지 않았다면 영영 풀리지 않을 홀맺힘이다. 이럴 땐 대체 어떻게 해야 하나. 우선은 건들지 않는 게 상책이다.

"눈이 오겠는데?"

이제부터 동안거 들어갈 채비를 해야 한다. 눈이 오면 차가 다닐 수 없다. 차가 오르내릴 수 없으면 꼼짝없이 구들장 지고 들어앉아야 한다. 그러자면 라면이라도 좀 비축해둬야겠네. 이렇게 너스레를 떨어봤자 별 수 없겠지만 그래도 그는 프로그램을 시작한다.

"산중거사 이제부터 동안거 들어가야겠네?"

산중생활은 아무나 하는 게 아니다. 나무처럼 살 수 있어야 한다. 나무는 시절을 좇아 비바람에 흔들리고 땡볕을 견딘다. 나무는 애써 뛰지 않는다. 그런데도 바람을 타고 씨앗을 뿌리며 하늘로 오른다.

그는 마누라한테 쫓겨나 '나무 닮아 살래'를 염불처럼 만들어 '나무달마살래교'를 창시해 지리산에 들앉은 허풍도사를 떠올린다.

**5 함박눈이 쏟아지는데 달이 뜨고**

호기심이 하산하게 만든다.

두 사람이 거적을 둘러친 채 화투를 치고 있다.

어느새 그렇게 진척이 되었나? 참으로 놀랍다. 놀라운 일이라고밖에는 달리 표현할 말이 없다. 담벼락 가에 세워둔 경운기 손잡이와 집동 사이에 나뭇가지를 이리저리 걸쳐 거적대기를 덮어씌웠는데 그 안에서 두 사람이 화투를 치는 광경이 목격됐다.

아무 말 없이 천천히 오르내리는 손동작만 보인다.

"노인네들 둘이서 화투를 치고 있던데?"

"화투를?"

그는 아예 거적대기 집을 짓고 그 안에서 둘이 함께 있더라는 말은 하지 못했다. 그러면 또 아내는 화부터 벌컥 낼 것이 뻔했기 때문이다. 아내는 남녀가 함께 있는 것 자체가 불결하다고 생각한다. 그게 아무리 연로한 이들이라 할지라도 부부가 아닌 남녀가 어울려 있으면 안 된다는 생각이다. 아무리 피해망상이라 해도 안 된다. 이미 가슴 저 깊은 속에서 잠자고 있던 분노의 마그마가 폭발해버린다.

"조강지처 버리면 말로가 다 그렇게 되는 거야…."

분명 이 말이 입속을 감돌았을 것이다. 괜한 일로 아무 상관없는 노인네까지 욕얻어먹일 필요는 없을 일이다. 이젠 명도다. 척하면 삼척이라고 어떤 사안에 대한 아내의 반응은 안 봐도 훤할 만큼 40년을 함께 살았다.

그런데 분명히 짚고 넘어가자. 이 모든 가설과 가상이 도출한 결론이 내 것인가 아내의 것인가? 이 망상들이 아내의 것인가 내 것인가? 네 도끼가 은도끼인가 금도끼인가가 아니라 남의 심중을 끄집어내 원인과 결과를 분석하고자 하는 이 어설픈 심리학은 누굴 위한 것인가. 아내를 더치지 않겠다고 조심하는 이 말들과 배려와 수작들은 도대체 누구의 조바심인가. 막상 아내는 아무렇지도 않은데 혼자서 장군 멍군 아닌가? 아내가 병자인가 내가 병자인가. 꿈속에서 본 나비가 나인가 내가 꿈속 나비인가? 열 길 물 속은 알아도 한 자 사람 속은 알 수 없다는 말이 떠오르자 그는 그만 헷갈리기 시작한다.

"노인네들이 마지막 열정을 태우나봐?"

"열정은 무슨…."

할아버지 나이는 69세고 할머니 나이는 96세라는 거야. 무슨 말이야? 이건 정말 빅 뉴스인데…. 그 여자 정신대였대. 이젠 노파도 그랜드맘도 아닌 그 여자가 되었다. 동네 사람들이 그러는데 그 여자 정신대 갔다왔대. 나도 어제 들었어. 그런 역사적 인물이 아직도 생존해 있어? 그것도 이 동네에…. 왜 또 소설 쓰려고? 소설이나마나 동네 그 자체가 이미 소설이야.

가내소 아래 비닐하우스를 지은 사람은 마누라가 도망가자 홧김에 트랙터로 다리 난간을 들이받고 병원에 실려갔다. 소녀가장 셋이서 밥을 해먹다가 비닐하우스를 몽땅 태우고 올 데 갈 데 없는 것을 교회당에 데려다놓았다. 거기서 끝나는 스토리가 아니다. 아비 되는 사람이 보험금을 타먹었는데 보험사기로 잡혀들어갔단다.

아내는 이 아이들 데리고 읍내 목욕탕 가야 된다며 차를 태워다달라고 했다.

"길이 미끄러울 텐데…."

길이 아무리 미끄러워도 아내의 자원봉사는 끝이 없다.

노인네들은 말이 없다. 그저 화투장만 들었다놨다 하는 팔동작만 보인다. 아무도 이 옴팍한 곳에서 두 노인네가 화투를 치는 것을 보지 못한다.

"경주에 가면 효불효교가 있는데…."

누군가 자식들이 있다면 바람막이라도 해줘야 하지 않나? 별 걱정도 다 하고 있어요. 운전이나 똑바로 잘해요.

"두 사람 저러다가 얼어죽지?"

걱정도 팔자야…. 아이들 목욕은 걱정이고 어른들 동티나는 건 괜찮다는 거야? 남의 걱정말고 나 실어다준 뒤 집에 가서 군불이나 때놔요.

강물이 얼어서 허옇게 부풀어오르고 북풍이 강바닥을 훑고 가는데 두 사람은 오로지 화투치기에 골몰해 있다. 거적에 세워둔 명아주 지팡이가 바람에 날아가도 그것도 모르는 채 두 사람은 열심히 화투에 집중해 있다.

그는 바람에 날려 길바닥에 나뒹구는 지팡이를 집어다놓으며 살짝 안을 들여다본다. 노인은 양반다리를 하고 앉았는데 등만 보였고 노파는 이쪽을 향하고 있었지만 두 다리를 엉덩이 아래로 내려깐 무릎꾼 자세로 자기 손바닥에 들린 화투패를 찾느라 넋을 놓아 이쪽을 눈치채지 못한다. 아마 귀도 약간 먹은 듯하다. 아, 그런데…. 저 자세! 일본 여자들에게서 흔히 볼 수 있는 앉음새다. 일본 여자들은 무릎을 꿇고 앉는다. 이건 절대복종의 자세다. 몽골 사람들은 꼭 한쪽 무릎을 세우고 다른 한쪽 무릎은 땅에 꿇어앉는다. 기마인의 앉음새라서 그렇다고 했다. 그렇다면 저 여자, 오랜 세월 동안 일본 여자처럼 무릎 꿇고 앉았음이 입증이 된다. 정신대였다는 말이 일리가 있다는 생각이다.

### 6 핸드폰을 통해 지구 저편에서 들려오는 소리는

할로!

바로 곁에서 들리는 소리 같은 이 소리는 지구 저 건너편에서 들려오는 위성수신이다. 가끔씩 잡히는 GPS. 메모 봤어. 상황이 그렇더군. 그래, 이해해. 여기? 안정은 된 나라지만 여긴 추워. 어쨌건 추운 나라야. 나 추위 타는 거 알지? 그래, 알지. 견디기 힘들면 나와. 핵이라도 터지면 어쩌려고? 우리 아이들 생각하면 그런 위험한 나란 못 가. 너…. 국적은 바꿔도 학적은 못 바꾼다? 아직도 선배 노릇이 하고 싶은가보네. 그런 건 아니고 네 체질에 에스키모 생활이 맞느냐 이거지. 에스키모라고 다 이글루 생활하는 거 아냐. 그건 나도 알지 다만 애들이 모국어를 잊을까봐 그러지. 방학 때 가끔씩 외갓집에 다녀오곤 하니까 영 잊어버리지는 않았어. 그러면 다행이고 아무튼 건강하게 키워 몸도 마음도 건강해야 돼. 첫눈 오는 날 아직도 유효해? 그럼 물론이지. 이번엔 데모 없을까? 너 아직도 이 나라를 후진국이라 생각하니? 솔직히, 밖에서 보기엔 그래. 소득으로만 따질 일이 아니잖아? 대통령이 자살하는 일도 생기고, 난 솔직히 내가 한국 사람이라는 게 부끄러워. 그래서 때론 중국 사람이라 거짓말도 해. 일본 사람도 아니고 왜 하필이면 중국 사람이야? 개방 후 중국 사람들 활약상을 보면 깜짝 놀라. 여기도 전부 메이드 인 차이나야. 러시아하고 같은 시기에 개방했잖아? 그런데 그 반응이 달라, 그런데 한국은 그게 뭐야, 한심하다니깐…. 그게 뭐야. 아직도 부정부패야? 미안하다. 선배가 미안하긴? 암튼…. 그 일은 후세 역사가들이 평가할 일이고…. 첫눈 오길 기다릴게. 벌써 십 년이 훌쩍 흘렀네.

오 헨리의 단편에 「20년 후」가 있다.

20년 후에 만나자고 철석같이 약속한 두 친구. 한 사람은 지명수배자가 되고 다른 한 사람은 경찰관이 되어 약속장소에 나타났다. 오 헨리다운 발상이다.

너, 그거 아니? 뭐? 오 헨리! 20년 후? 그래, 올해가 딱 20년 후네. 하긴 그렇다. 우리 애들이 벌써…. 이젠 애가 아니지? 그래 세월을 종잡을 수가 없어. 누가 세월을 감당하겠니? 늙어갈수록 깨끗한 맘을 가져야지. 뒷정리 잘하고? 뒷정리까지는 아니다 얘, 그러면 아예 우리 약속 같은 것까지도 청소 다 해버려야 하게? 그렇게 되나? 어떻든 늙어갈수록 추하게 변하지는 않아야 할 텐데 하는 다짐은 있어야 돼. 추한 게 뭔데? 돈에 대한 욕심 같은 거. 물질만능주의에 대한 신봉. 우린 애시당초 그런 건 없었잖아? 그건 또 모르지 그간의 세월이 그렇게 만들어놓았는지도. 그건 어디까지나 오 헨리 같은 천재나 하는 발상이지. 우리 같은 둔재들이야 세월 간다고 변할 게 있나? 그러니까 주인공 한번 못하고 말지. 그래, 타령 그만하고 끊어. 왜, 옆에 누가 있어? 그런 건 아니고, 비싼 전화비 아껴야지. 지금은 할인받는 심야시간이라 괜찮아. 아 참 그렇겠구나. 거긴 지구 반대편이지. 오로라가 보고 싶어. 오로라? 오로라 너무 아름다워. 처음 여기 왔을 때 오로라에 반해서 밤잠을 설쳐댔었는데 지금은 만성이 되었나봐. 무감각해.

오로라!

태양에서 방출된 플라스마의 일부가 지구 자기장에 이끌려 대기로 진입하면서 공기분자와 반응하여 빛을 내는 현상이라고 대백과사전에 풀이돼 있다. 그 색과 모양이 너무나 다양해 감히 어떤 모양 어떤 색깔이라고 규정짓지 못한다고 한다.

깨어 있지 못한 인생은 갑각류와 같은 거야. 너무 딱딱하게 굳어지면 못써요. 소프트하게 그러면서도 얼음 알갈이…. 부드러우면서도 차가운 아이스크림, 아이스크림 좋아했잖아? 아직도 그런 시시콜콜한 것 기억하고 있어? 기억하다 말다. 그렇다고 감상에 젖진 말고 몽고반점이나 잘 간직해. 아 참, 나 몽고반점에 대한 이야기 썼다? 호평받았어. 여기 원주민들도 몽고반점 있거든? 그래서 더 동질감을 갖게 했던 것 같아. 많이는 아니지만 랭귀지스쿨 텍스트로도 쓰고 있어. 그래, 그 일은 잘 돼가? 동양권 학생들 몇이 있고 아랍권 학생 몇 데리고 가르치는데 재미는 있어. 재미있으면 됐지 뭐, 자기 일에 재미 붙이고 사는 사람 몇 되나? 그건 그래. 어째 재미없다는 말 같네, 뭣하면 이제 여기 와서 일하든지. 학교 하나 잡아둘까? 아냐, 그러고 싶으면 벌써 그랬겠지. 왜 아직 두려워? 솔직히 말해서 그런 것 같아. 아직도 아무런 변화가 없잖아? 아이들 데리고 그 구덩이 속에 다시 들어가긴 싫어. 왜? 무엇이? 시댁 때문이야 나라 때문이야? 아 참 말 안 했구나. 시댁 문제는 다 해결됐지, 벌써. 그 집엔 이제 아무도 없어 어른들 다 돌아가셨으니까…. 그런 일이 있었나? 그러면 그때 들어왔을 텐데 아무런 연락도 안 했나? 연락할 게 뭐 있어? 난 가지도 않았어. 그이만 가서 일 치르고 왔지. 아이들도 안 딸려보냈어. 잘하는 짓이다. 애들이 뭐 보고 배우겠노? 그런 거 아니라도 배울 거 많아. 이번에 그 초혼제 지낸다고 복복 하는 거 보니까 우습지도 않더구만 뭐. 대체 그게 어느 나라 식이야? 뒤죽박죽이던데….

생각나니?

뭐.

그때 시청 앞에서 잃어버린 귀고리. 응, 잊을 수 없지. 그 가난한 시인이 생 첨으로 사준 귀고리를 떼어가는 놈을 눈앞에 두고도 못 잡았는데…. 못 잡긴, 그냥 놔뒀지. 안 그랬어봐라 누구처럼 눈에 대고 최루탄 박아넣었으면 어쩌려구. 니 아직도 언어순화가 안 됐구나. 아냐, 이 말 할 때만 그래. 그런 욕도 할 필요 없는 곳이 오히려 더 삭막하지 않을까? 삭막해도 더 이상 눈물 짜고 방패에 찍히고 싶지는 않

아. 맺힌 게 많은 게로구나. 벌써 그 세월이 언젠데? 그렇게 말하지 마. 지금은 안 그래? 여기도 테레비 있어. 거의 실시간대로 다 봐요. 노상 파업이더마. 그래, 그만하자 엎드려 침 뱉기지 뭐. 그래요. 우리가 무슨 열혈춘향이라고…. 나랏일은 나랏일 하는 사람이 알아서 할 일이지.

아직도 전체의 큰 틀에 겁먹고 있는 사람이 있다.

구제불능이다.

자라 보고 놀란 가슴 솥뚜껑만 봐도 놀란다고, 광장정치에 놀란 가슴을 억제할 수 없는 사람이 있다. 지구 저 건너편에서 들려오는 소리. 아직도 평안하지 못하다.

## 7 혹시… 치매?라는 말에서 일치점을 찾았다

찬바람 속에서도 화투를 치던 두 사람이 보이지 않는다.

겨우내 꼼짝없이 동안거에 들었다가 나와보니 거적대기 덮였던 자리는 그대로인데 노인네들의 모습은 온 데 간 데 없다.

"그대로 얼어죽었나?"

"무슨 그런 망측한 소리를 다 해요?"

얼었던 강물이 풀리고 왜가리 백로 떼들의 머리가 북녘을 향해 날아들고 사토가 쌓인 강안의 갈대밭을 태우는 작업이 진척되고 있는데도 새로운 소식은 들어오지 않는다. 기자 같은 아내의 촉수에도 아무런 뉴스가 감지되지 않는 걸 보면 필시 무슨 일이 일어났음이 분명하다.

그러나 아닐 수도 있다.

"무소식이 희소식일 수도 있지."

개가 사람을 물면 뉴스거리가 안 되어도 사람이 개를 물면 뉴스가 된다는 말이 있다. 이들에게 무슨 일이 일어났으면 분명 소문이 나돌았을 것이다. 그런데 아무런 소문이 없는 걸 보면 별 탈이 없는 거야. 괜히 이렇게 위안을 삼아본다.

삼월이 다 지나고 사월이 되어서야 전서구가 소식을 물고 왔다.

"노인은 딸네 집에 갔다 하구요, 할머니는 아무 일 없이 평상시 그대로라네요?"

"그런데도 나무 하러 안 나오는 걸 보면 상당히 상처를 받은 모양인데?"

상처라니? 겨우내 둘이 좋아지냈잖아, 화투 치고…. 마치 무슨 일이 일어나기를 바라고 있었던 사람들처럼 우리는 아쉬움을 표했다. 왜 그랬을까? 안도의 한숨을 내쉬었어야 했을 텐데 오히려 아쉽다는 표정이다. 무슨 건수가 있기를 바랐던 것처럼.

벚꽃이 피어 휘날리는 날이었다.

벚꽃나무 아래를 하늘하늘 걸어가는 여인이 있다. 뒤태만 보면 알록달록한 옷을 입고 색깔 찬란한 모자까지 썼다.

자세히 보니 그저 알록달록이 아니라 섬세한 벚꽃이 찍힌 그림 무늬다. 천도 아주 고급스러워 하늘하늘한 비단 같은 느낌이다. 게다가 한껏 모양새를 낸 빛가리개 양산까지 받쳐들었다. 가방인지 핸드백인지를 들어 구색을 갖추었는데 걸음걸이를 보면 어기적어기적 빨갛고 파란 장화의 안짱다리다.

"저거 그랜드맘이잖아?"

획 지나치며 보니 노파가 분명하다.

다시 뒤돌아보다가 핸들을 놓쳐 전봇대를 들이받을 뻔했다.

"보는 건 내가 볼 테니까 운전이나 잘해요."

거울을 통해 멀어져가는 모습을 본 순간 게이샤 같다는 느낌이 퍼뜩 들었다. 어째서 그런 생각이 들었을까?. 영화 속에서나 봤음직한 일본 여인. 아, 그래. 나비부인이다.

"우리가 무슨 환상을 보나?"

내려와 몇 년을 살면서 저토록 화사한 옷을 입고 외출하는 모습을 본 일이 없다. 본 일이 없을 뿐더러 이 인근에서 저토록 찬란한 옷을 입을 수 있는 사람이 없다. 인근뿐만 아니라 어디에서고 저런 의상을 소화해낼 만한 사람이 또 있을 것인가. 그보다 누가 저런 의상을 소장하고 있을 것인가. 장롱 저 밑바닥에 켜켜이 눌러두지 않고서야 있을 수 없는 오래된 옷을 꺼내 입고 어디로 가는 것일까?

"혹시…."

치매?라는 말에서 일치점을 찾았다.

우리가 이곳으로 오고 나서 처음으로 만장일치 합일점을 찾은 말이다.

"내가 만약 치매에 걸리면…."

"존엄사시켜달라구요?"

그게 아니지. 내 얘긴 딴 얘긴데. 미당 선생은 말년에 치매에 걸리지 않기 위해서 강 이름 산 이름 같은 걸 주절주절 외고 다녔다. 그러면서 랭보의 시를 읽기 위해 불어사전을 찾았다. 온 청춘을 바람과 함께 살아온 양반답다. 그를 모시고 진주를 간 일이 있었다. 아내를 여관방에 홀로 두고 기생집에 앉아 술을 마시며 그에게 심부름을 시켰다. '우리 마누라 감 홍시 참 좋아하는데' 감 홍시를 사다주라는 것이다. 그는 그때만 해도 어려서 그게 자리를 비켜달라는 뜻인 줄을 몰랐었다. 참말로 감 홍시를 사러 온 시내를 헤집고 다녔으니까. 돌아와보니 벌써 볼 일 다 보고 마누라 옆에 가서 자고 있던 것이었다.

"그래 요지가 뭐예요?"

"꼭 그걸 말해야 아나? 치매에 걸리더라도 마누라는 잊지 않겠다는 뜻이지."

그는 아무렇게나 얼버무린다. 아무래도 아내는 자유로운데 부자유스런 건 오히려 이쪽인 것 같다. 둑길은 보통 양쪽으로 나 있다. 넘쳐나지 않게 하기 위함이다. 둑길이 일렁거린다. 벚꽃이 휘날린다. 다시 장자의 나비들이 날아오른다.

아! 봄날인데 벌써 날 다 저물어 황혼이 붉게 탄다.

# 눈길

전화를 받자마자 조퇴를 하고 서둘렀는데도 겨울날 짧은 해가 벌써 갸웃하다.

"너거 어머이가 또 쓰러졌다."

고모의 그 말에 올 것이 오고야 말았다는 생각이 들었다.

"벌써 몇 번째고? 이젠 가망이 없어 보인다."

"가망이 없긴요? 내 쏜살같이 내려갈 테니까 갈 때까지만 잘 보살피고 계세요."

"벌써 119가 실꼬 갔다."

집에 가서 마누라하고 애들 데리고 가자면 그래도 시간이 좀 걸릴 테니까 그때까지만 좀 수고해달라니까, '그것들은 뭐하러 데리고 와?' 하였다.

고모는 아이들과 아내는 차라리 안 데리고 오는 편이 낫다 했다. 사무실 직원들은 잘 다녀오라며, 내일 있을 사업계약서를 미리 받아갔고, 회사 일은 아무 걱정 말라 했고, 남쪽에 대설주의보가 내려져 있으니 운전 조심하라 했다.

"그래, 병원엔 누가 따라갔어요?"

전화는 이미 끊긴 상태다. 재발신을 누를까 했지만 그만둔다. '또 쓰러졌다'는 그 말 속에 담긴 뜻은 '이젠 귀찮다'는 의미도 포함돼 있다는 것을 직감할 수 있었다. '너거가 모셔야지' 아니면 '이래 던져둘 바에야 시설에라도 갖다넣어야지', 왜 '옆에 사람만 귀찮게 하느냐'는 평소의 불만이 그대로 함묵돼 있질 않는가. 그리고 '마누라는 데리고 오지 말라'는 그 말 속에는 '정작으로 시설에 보내야 할 마누라는 신주단지 모시듯 하면서 어머니는 던져둔다'는 원망이 함께 섞여 있다는 해석이 가능했다. 그런데 정작으로 중요한 말, '병원엔 누가 따라갔느냐'고 확인해봤어야 했는데 정작 그 말은 하지 못했다.

그 말을 못한 데에는 그만한 이유가 있다. 그래도 보호자가 있어야 수속 밟고 하지 않겠느냐, 입원 수속을 하자면 반드시 누군가가 있어야 한다. 교통사고를 당한 환자가 둘 있었는데 한 사람은 살고 한 사람은 죽어나갔다. 보호자가 온 환자는 응급조치를 취했지만 보호자가 안 온 환자는 그대로 방치된 상태로 시간을 끌다가 급기야 사망에 이르고 말았다. 그게 병원 시스템이다. 보호자가 되어야 할 그 누군가가 없어 죽어나간 사람이 바로 그의 아내였다. 때문에 그는 병원 하면 보호자라는 등식을 그린다. 그러니만큼 이 문제는 다시 들추어내고 싶지 않은 과제다.

'그래, 주변 사람들도 이제 지칠 때가 되었지.'

그는 회한과 절망과 허망함과 체념과 세상 모든 부조리와 상상을 반추하며 차를 몰아, 전용주차 넘버가 매겨져 있는 관리실 옆에 차를 대고, 탈 것이 올라가면 상대적으로 내려가는 바깥 풍광들을 바라볼 수 있도록 설치된 전용 승강기를 타고, 이제 아랫것들을 다 제 눈 아래 굽어보는 익룡처럼 공중부상을 한 뒤, 현관문을 열고, 집안 식솔들을 솔거하여 다시 지상으로 내려와, 가솔들을 차에 태우는 일을 서둘러 끝마쳤다. 긴급한 상황은 비서실에서 이미 전화로 알려 준비를 시켰기에 시간이 단축되었다. 시간이 금이다. 그런데도 고모에게서 또 전화가 온다.

"아직도 출발 안 했나."

안 했으면 서둘지 마라. 이미 간사람, 서둘러 본들 무슨 소용이냐. 준비나 단단히 해오란다. 준비라면 돈 아닌가, 돈 문제는 이제 문제가 아니다. 흙수저라고 항상 흙수저가 아닌 것이다. 전화 한 통이면 모든 장례 절차는 회사 차원에서 다 해결해줄 것이다. 그런데 이미 간사람이라니, 죽었단 말인지 병원으로 실려간 것을 그렇게 표현한 말인지. 그러면서 하는 다음 말이 더 요령부득이다.

"사람 목숨 그거 별 거 아니다."

"고모는 참…. 무슨 말씀을 그렇게 하세요? 고모님이나 어머님이나 아직 창창하세요. 백세시대인 거 몰라요?"

여유잡고 농담까지 했다. 옆에 살면서 병간하기가 얼마나 고생스러웠으면 저러랴 싶어 그 다음 말은 참는다. 고모는 일평생 청상으로, 그래도 오빠와 언니가 옆에 있어 든든하다며 고향을 떠나지 않고 이웃에 붙어살았다. 그런 봉건적인 사고를 가진 고모도 이제 자기 한몸 건사하기도 힘든 나이인데 손아래 올케 뒤치다꺼리까지 하려니 힘에 부쳐 부아가 나기도 할 일이다.

전화를 받는 동안 그의 아내는 미니바에서 와인을 꺼내 따른다. 커피잔도 아닌 크리스털잔을 반나마 채운 와인이다.

"당신도 마실래?"

"운전해야 되잖아. 그래가지고 가겠어?"

그는 아내의 눈치를 살피며 묻는다.

아내는 아무런 반응 없이 와인잔을 비운다. '너거가 내려와 모시든지 어디 요양원에라도 보내든지 했어야지. 치매 걸린 양반을 저래 던져두는 것들이 오데 있노?' 고모는 아예 부모 거친 못하는 이들을 '사람'이라는 소리 대신에 '것들'이라 하였다. 그래, 욕을 얻어먹어도 싸지, 자식 구실을 제대로 못했으니까. 그러니 임종도 못 지키지. 임종을 못 지키는 것만큼 가슴에 못을 박는 일은 없다. 그러한 고모의 볼멘소리가 그대로 스피커폰을 통해 울린다.

아내의 침묵을 대신해서 아이들이 재깔거리는 소리가 뒷좌석을 넘어온다.

"난 우리 할머니는 좋아. 그런데 왕고모할머니는 무서워."

"그래? 난 우리 할머니도 무서워."

"왜?"

"한밤중에 논길로 막 걸어갔잖아. 그러다가 개구리한테 물리면 어쩌려고."

"개구리는 사람 안 물거든?"

그가 끼어든다. 아이들하고라도 말을 섞어야 숨통이 좀 트일 것 같아서다.

"지금 농담할 기분이에요?"

아내가 찬물을 끼얹는다. '애들하고 말도 못하나?' 쏘려다가 그는 참는다. 아내와 맞닥뜨려 이겨본 적이 없는 그다. 이겨본들, 얼음공주한테 이겨본들 덕 볼 일 없다는 것을 그는 이미 수많은 경험을 통해 터득한 후다. 그렇다면 생각을 한 군데로 집중해야 한다. 어머니의 죽음이다. 죽음에 관한 생각, 죽음 뒤에 오는 그 주검을 어떻게 처리할 것인가다. 수목장이 대세라지만 선산이 버젓이 있는 집안이라면 아직은 시기상조다. 그렇다면 평장 정도는 시도해볼 만할 것이다. 아니다. 그보다는 무사히 운행을 해, 가는 동안에 발생할 수도 있는 아내의 발작을 막아야 한다. 일에는 우선순위라는 게 있다.

다시 한번 타진한다.

"당신은 가고 싶지 않을 거야."

정 가고 싶지 않으면 안 가도 되고 차에서 내려도 좋다 한다. 말이 그렇지 이미 고속도로에 진입한 차를 어디다 세우고 어떻게 내린단 말인가. 괜한 말로 긁어부스럼 내는 꼴이 되었다. 그는 아차 싶어 아내의 눈치를 다시 살핀다. 다시 긴 침묵에 잠긴다. 그렇다고 음악을 틀 수도 없다. 그는 차 안을 가득 짓누르고 있는 이 무거운 분위기를 깨뜨려야 하는데 그럴 묘책이 없다. 말은 이미 뱉어진 뒤였지만 반응이 없다. 이럴 때를 조심해야 한다. 아내의 조현증은 그래서 무섭다. 그런데 이 침묵을 부드럽게 깬 건 뜻밖에도 그의 아내였다.

"장례일은 언제야? 수요일? 목요일?"

"오늘이 화요일이니까, 화·수·목… 목요일이네."

장례에는 삼일장과 오일장이 있는데 지금은 대부분 삼일장을 선택한다는 설명을 한다. 아내는 이런 세상사에는 전혀 문외한이다. 그런데 아내는 전혀 상상도 못한 이야기를 끄집어낸다.

"그건 나도 알아. 그런데 장례식을 미루든지 앞당기면 안 돼?"

목요일, 그날…, 하필이면 중요한 약속이 잡혀 있단다. 그는 차마 '시어머니 장례 치르는 일보다 더 중요한 약속이 있어?'라고 말하려다가 또 입을 다문다. 그러면서 그게 뭔지 들어나보자 한다. 아내 하는 말, '중요한 약속'이랬잖아? '그러니까 그 중요한 약속이 뭐냐?'고. 꼭 알아야 해? 남의 사생활까지도?

"그래, 약속이 있으면 지켜야지. 약속은 지키라고 있는 거니까."

"그렇지? 약속은 약속이니까."

누가 약속 날짜에 시어머니 장례일이 겹칠 줄 상상이나

했겠는가? 선약이 먼저지…. 그는 일단 아내 편을 들고 본다. 뒤에 일어난 사건 때문에 먼저 한 약속을 취소할 수 없는 게 아내의 사고체계일 것이다.

"그래, 당신 없이도 장례야 치를 수 있지."

"고마워. 상훈 씨가 최고야."

그의 아내가 운전 중인 그에게 달려들어 입을 맞추려든다. 기분 좋으면 언제 어디서라도 하는 행동이다.

"왜 이래. 여긴 아우토반이라고."

그는 평시 아내가 즐겨 쓰는 아내의 언어를 사용해 '왜 이래, 여긴 아우토반이라고.' 하려다가 그만둔다. 아내의 기분이 이 정도라도 업돼 있을 때라면 안정적이다. 아내는 아우토반을 무한질주하며 차 안에서 와인 마시고 은쟁반에 금수저를 굴리던 사람이다. 그러니 가끔씩 그런 향수를 자극하는 언어가 나오면 좋아한다. 장인 영감이 된 회장님은 '자네는 문학적 소양이 충분한 사람이니 인간에 대해 잘 알지 않는가'라면서 딸애를 시설에 안 보내고도 데리고 살 수 있을지 모른다는 희망을 가지고 있었다. 그 덕분에 얻어걸린 회사다. 어차피 상처하고 혼자 살 바에는, 정 안 되면 그때 가서 정신병동에 감금을 시키는 한이 있더라도, 서로 노력은 해보자 하였다. 그간의 경험으로 봐서는 자극만 주지 않으면 별 문제가 없다 했다. 오랜 유학생활로 향수병이 짙어 그렇게 되었다 하지만, 그는 알고 있다. 돈냄새를 맡은 아귀들의 손아귀에 시달렸었다는 걸. 어쨌거나 짐을 떠안은 보상으로 금수저를 물려받았으니 그게 그거 아닌가. 어머니는 아들의 이 얄팍한 계산이 못마땅해 발병했다. 사내자식이 그런 짓을 하다니, '겉보리 서 말만 있어도 처가살이 안 한다'는 옛말을 상기시키며 그를 몰아세웠다. 따지고 보면 어머니의 이 불만은 아들에게 대한 감정이 아니라 당신의 남편에 대한 불만이기도 했다.

고모 말을 빌리자면 '여자 팔자가 드세 남편 일찍 잡아먹은 년'이라며 어머니를 세상에서 가장 몹쓸 인간으로 내몬 건 할머니였다. '네 아버지는 그래도 공무원까지 했다. 나랏일을 했던 분이시라'며 그런 남편 명을 단축시킨 건 순전히 어머니의 패덕한 시기심 때문이라 했다. 아버지가 젊은 여자를 만나자 질투의 화신이 된 어머니가 제 남자를 달달볶아 화를 돋아 '심장을 터지게 해 죽게 만들었다'는 것이었다. 어머니는 어머니대로 그때 그 울화병이 도져 심통이 아프다 했다. 어쨌거나 이 갈등의 악순환은 죽기 전에는 풀릴 수 없는 고질병들이 되어 미해결인 채로 오늘에 이르게 되었다. 그런 어머니였으니 죽은 쌍둥이엄마는 아직 죽은 게 아니었고, 새 며느리는 추잡하고 미친 요물일 수밖에 없었다. 두 번이나 쫓겨났다며? 그런 퇴물을 왜 내 집에 들이느냐는 것이었다.

그는 이해를 할 수 없는 두 여자의 혼돈 속을 무한질주

한다.

이미 어두워진 고속도로엔 앞으로 내쏘는 제 불빛 외엔 보이는 게 없다. 그러니 지향 삼고 따라갈 목표물이 없다. 고속도로 주행에는 앞차의 후미등이 보일 때 수월하다. 지향하고 따라갈 후미등이 안 보인다는 것은 그만큼 차량이 없다는 이야기가 될 것인데 그게 일기예보 때문이라는 생각이 문득 든다.

"오늘 대설주의보가 내렸던가?"

그는 문득 직원들 중 누군가가 꺼냈던 날씨 이야기를 한다.

그러나 아내는 엉뚱한 이야기를 한다.

"나 생각해봤는데 그 약속 취소할 수도 있어."

"그래?"

그는 아내의 약속에 대해 꼬치꼬치 묻지 않길 잘했다 생각한다.

아이들은 잠들어 있고 사방은 조용하다. 가끔씩 교차하는 차량들 중, 상향으로 조절된 헤드라이트 불빛이 비쳐들 때도 있었지만 한 인간의 부음을 듣고 가는 길치고는 아름답다고까지 표현할 정도로 하늘이 안정적이다. 안정적이라는 말은 짙게 깔린 구름이 아주 낮게 엎드렸다는 표현일 수도 있다. 하늘과 땅의 높이가 하나인 것처럼, 마치 그 속을 헤집고 나아가는 것처럼, 완전한 어둠도 아니고 밝음도 아닌 회백색의 어둠, 그는 그 중간계의 하늘과 땅이 맞닿은 틈

새를 지나가고 있다는 생각을 한다.

그는 색깔에 대한 생각을 하다가 한 화가를 떠올린다. 인간은 무엇인가. 어디서 왔는가. 무엇을 하는가. 그리고 어디로 가는가? 이 원초적인 질문을 화폭에 그려낸 사람이다. 이에 대한 질문에 명쾌한 답을 할 수 있는 사람은 없다. 답이 없는 질문이니 질문을 할 사람이 없었다는 이야기다. 그런데 그는 이 근원적 의문에 질문을 던졌다. 답을 아니까 질문을 던졌다는 이야기이다.

그 질문을 화폭에 담아낸 화가가 바로 폴 고갱이다. 폴은 화폭을 4등분해, 에덴동산과 현실세계, 그리고 천국과 지옥을 대칭으로 서로 상응되게 구성하였다. 그 중에서 그가 중점적으로 그려낸 것은 타히티의 원시 자연과 원시적 삶을 살아가는 원주민의 생활상이다. 태초의 인간이 동산 중앙의 과일을 따듯 이 원주민 소녀 역시 익은 과일을 딴다. 그러나 이 소녀는 쫓겨나지 않는다. 섬은 인간이 만든 파라다이스이기 때문이다. 그는 그 타히티 섬의 원시적 삶과 천국을 대칭공간에 두고 바라봤다. 그가 바란 낙원은 원시 자연이다. 그는 물질문명의 세계를 에덴동산에서 쫓겨난 인간들이 겪어야 할 숙명적 삶의 터전으로 보았고 이를 혐오한 나머지 탈출한 곳이 원시 자연의 섬 타히티였다. 그렇다면 그가 꿈꾼 최종 파라다이스는 어디일 것인가? 답이 나온다. 비문명적 사회다. 그러면 지옥은 어디일 것인가? 물질문명

사회다. 이게 화가가 꿈꾼 세계다. 그가 그린 '너 언제 결혼할래?"라는 소품이 단일 예술품 경매사상 최고가액인 3천억 원에 팔렸다는 보도가 있었다. 그렇다면 그 백 배 크기인 〈우리는 어디서 와 무엇을 하고 어디로 가는가?〉라는 작품은 가격을 매길 수 없을 예술품이다. 그렇다. 비록 그렇다 할지라도 살아생전 가난했던 화가에겐 최고의 영광이었지만 죽어 돈이 생기면 무얼 할 건가? 돈은 살아 있는 사람에게 필요하다. 돈이 없으면 사람 구실을 할 수 없는 현실이다. 폴 역시 돈 없인 사람 구실을 못하는 몽마르트 언덕을 박차고 태평양상의 외로운 섬을 찾아떠났다.

그는 폴과 자신을 비교해본다. 자유로운 삶을 위해 타히티 소녀와의 동거생활을 한 폴과 더 풍족한 현실적 삶을 위해 정신이 오락가락하는 한 여자와의 동거를 마다 않은 김상훈은 뭐가 다를 것인가. 그는 자신이 한 짓을 폴과 저울질하며 자기합리화를 시킨다. 그러면서 옆에 앉아 있는 이 여자, 기분이 좋으면 고속도로의 운전자에게 막무가내로 키스를 하려 달려들고 기분이 나쁘면 처음 만난 시어머니에게 서슴없이 칼도 집어던질 수 있는, 종잡을 수 없는 이 여자의 약속이란 게 뭔지 그 다음 이야기가 궁금하다. 필시 옛날 남자를 만난다든지 여행을 가겠다든지 그런 것일게다. 전에도 그런 적이 있었으니까. 그런데 여자는 이 남자의 엉뚱한 생각보다 더 엉뚱한 말로 앞서가고 있다.

"나 생각해봤는데…."

"응? 뭘 생각해봤는데?"

"나 어머님 장례를 함께 지켜도 될 것 같아."

"그래? 싫은 걸 억지로 할 필요는 없어."

그는 어떻게든 자극적인 말을 피한다. 서로 간에 필요에 의해서 결속된 존재이니만큼, 필요 이상의 관계를 고집하거나 분석하거나 해결하려들지 않는다, 그게 현명하다는 판단을 내린 지 이미 오래다. 그렇다고 체념은 아니다. 어떻게든 조심에 조심을 거듭하여 질풍노도를 사서 일으키지만 않으면 된다. 본래가 이 여자는 그런 여자였다. 프랑스 유학까지 하고 왔고 미술을 전공하였고 전시회도 가진 재사였으며, 무엇보다 중요한 건 재력가의 피붙이라는 점이다.

그가 해외파견을 나가 있는 동안 그의 아내는 변을 당했고, 그의 착실함을 믿은 그의 상사는 그에게 작은 지사를 하나 맡기는 조건으로 자신의 피붙이를 떠안겼다. 그녀를 떠안는 조건으로, 영혼까지는 몰라도 최소한 육신만큼은 안전하게 지켜준다는 조건으로 그는 얻을 것을 다 얻었다. 그러니만큼 그는 확고한 철칙 하나는 지켜야 했다. 온전한 치유까지는 몰라도 더 이상 악화는 막아야 한다. 악화를 막는 일은 간단하다. 과거의 악몽에서 해방시켜주는 일이다. 그 세부사항으로 하자하는 대로 기분을 맞춰주면 되는 것이다. 어머니는 그 꼬락서니를 못 견뎠던 것이고 기어이 칼부림이 났다. 작은 동네가 발칵 뒤집힌 건 물론이고 동네 사람들로부터 '사장자리에 오른 김 서기 댁 아들'에서 '미친 여자를 데리고 사는 놈'이 돼버렸다.

"나 믿지?"

"몰론."

지금의 그는 순전히 그 금수저에서 떨어지는 고물 덕분에 미니바가 설치돼 있는 고급 승용차 아우디를 몰고, 그 덕분에 필요할 때 눈치 안 보고 조퇴할 수 있는 직장 가졌고, 근무시간에 골프도 치러다닌다. 누가 이를 두고 졸부근성이니 속물이라 할 것인가. 누가 이를 두고 악마에게 영혼을 팔았다 할 것인가. 여자는 악마가 아니라 구세주다. 수도 서울에서 적어도 서너 시간 이상을 달려야 도착할 수 있는 흙구더기에서 땅 파먹던 흙수저가 이 정도 갖추고 살게 된 건 순전히 이 여자 덕분이 아닌가.

그는 고속 승진으로 상류층이 된 이 일을 결코 후회하지 않는다.

"그 약속이란 거…."

아내는 묻지도 않은 약속에 대한 이야기를 시작하려 한다.

"굳이 안 해도 돼."

속으론 궁금해하면서도 그는 일부러 시침을 뗀다. 사실 판도라의 상자는 안 열어보는 것이 상책이다. 그런데도 인간인 이상 궁금증을 이겨낼 사람은 없다. 이 양면성의 문제가 대두되면, 제 속에 든 지킬과 하이드, 두 인물 중 누구에게 충실할 것인가를 결정해야 한다. 지금은 지킬 박사가 될 시간이다. 무엇이건 긍정적으로 보고 이해도를 높여야 한다.

그는 이럴 때는 꼭 이 여자가 먼저 간 쌍둥이엄마 같다는 생각을 한다. 쌍둥이엄마는 무슨 일이건 자진해서 조근조근 이야기하는 스타일이었다. 아무리 비밀스런 이야기라도 그녀가 이야기하면 팥이라도 콩이 되게 마련이었다. 어머니가 며느리에게 홀딱 반한 것이 바로 이 점 때문이었다. 고부 간의 진실게임은 이기고 지고가 아니라 서로를 까내보이고 수용하는 양보에서 온다. 그런데 이 계실 역시 그런 점을 본받으려 작정을 했는지 좀 전까지만 해도 비밀이라 했던 것을 이제 자진해서 실토하려한다.

"나 비웃을 거 아니지?"

"뭔 일인데 다짐부터 해? 내가 언제 당신 비웃는 거 봤어?"

사람의 정신체계는 복잡하면서도 간단하다. 뇌하수체에 저장했거나 생각한 것들을 뇌신경전달세포를 통해 언어나 행동으로 옮기게 돼 있는데 이 체계적인 구조물에 이상이 발생하면 행동장애가 일어난다. 지금까지 의학이 발견한 신경전달물질은 아세틸콜린, 도파민, 노르에피네프린, 에피네프린, 세로토닌, 히스타민, 글루타메이트, 글라이신, 가바… 같은 이름으로 명명된 것들인데 이 중 하나만 모자라

거나 넘쳐도 이상증세를 보인다. 쉽게 말하자면 이 세포들이 질서정연하게 움직이지 않고 헝클어지면 감정조절이 안 된다는 이야기이다. 아내의 문제는 이 전달체계인 도파민에 이상이 생겨 언어와 행동에 착각을 일으켜 개수작을 부리게 된다고 했다.

그는 아내에 대한 의학적 소견을 갖추기 위해 공부를 하고 있는 중이기도 하다. 평생을 수고하고 힘에 겨운 노동을 해야 살 수 있는 세상에 더 효율적으로 부가가치를 높일 수 있는 길이 있다면 이 정도는 감수해야 할 것이다. 아마 폴 고갱이 타히티 행을 결심하게 된 동기도 이런 데 있지 않았을까? 일하지 않아도 먹고 살 수 있는 태평양 상의 한 작은 섬, 그곳이야말로 힘겨운 노역을 하지 않고서도 좋아하는 그림만 그릴 수 있는 지상낙원이 아니었을까.

그는 말도 통하지 않는 타히티 처녀와 동거생활에 들어간 폴에게서 자신을 비춰보는 거울로 삼은 때가 있었다. 말이 좋아 예술을 위해서라 했지만, 폴이 생활고를 벗어나기 위한 한 방편으로, 좋게 말해 물질문명의 위기탈출로, 먹고살기의 고역에서 해방되기 위해, 서로 맞지 않는 여자를 데리고 살았다 생각하면 절로 웃음이 나고 동질감을 느끼기도 한다. 폴이라고 말도 통하지 않는 무지막지한 섬 처녀와의 동거가 마냥 즐겁고 행복하기만 했을 것인가? 말이 좋아 순진한 섬 처녀이지, 몽마르트 언덕에서 놀던 파리지앵이 느낀 문화의 벽은 '철벽' 그 자체였을 수도 있을 것이다.

그는 어머니의 화통이 재발하게 된 원인을 자식이 '소통이 없는' 그러한 '철벽'과 함께 산다는 것 때문이었을 수도 있다, 그는 그럴 때마다 '그건 어머니와의 문화차이이지 당사자들은 그렇지 않다'고 설득하려 했다. 그러면 고모는 '제 눈에 안경'이라고 그냥 못 본 채 놔두라고 하였다.

"이눔아, 어쩌자고 그런 짓을 하더란 말고?"

"뭐, 어때요. 여자란 다 똑같지요, 뭐."

그 여자 알고 보면 착한 여자예요. 상처를 입어서 그렇지 근본은 따듯한 여자라 변명까지 하였다. 말은 그렇게 하였지만 자신이 생각해도 그 깊은 속내는 알 수 없는 여자다. 잠시만 술자리에 앉아 있어도 호출을 해대고, 눈앞에서만 멀어지면 불안해하고 어쩌다가 TV에 비치는 폭력적 화면만 봐도 까무러진다. 때문에 텔레비전도 뗐다. 그는 지금 그러한 비정상적인 여자를 데리고 캄캄한 밤길을 달리고 있다.

그는 어머니의 발병원인제공자일 수도 있는 이 여자를 단죄하거나, 그렇다고 며느리라는 이름의 가족으로 받아달라 간청하거나, 화해를 시도해볼 생각은 없다. 서로 각자에게는 각자의 길이 있고 그 길만 가면 되는 것이다. 프로스트는 「가지 않은 길」이라는 시에서 '길은 두 갈래'라고 전제한 다음, '안 가본 길을 가라' 했다. 숲속에는 두 갈래 길이 있게 마련이다. 그 어디건 안 가본 길이 새로운 길이라 하였다.

그는 자신의 길이 안 가본 길이기에 가볼 만하다고 생각했던 것이다.

그는 지금 그러한 여행을 하고 있다.

"눈 온다."

아내가 갑자기 소리쳐 눈이 온다고 말한다. 나비처럼 하늘하늘 눈꽃이 내리고 있다. 그는 눈꽃 같은 벚꽃이 떨어지던 어느 봄날을 떠올린다. 눈이 꽃인지 꽃이 눈인지 분간할 수 없을 정도로 하염없이 떨어지는 눈꽃 길이었다. 이 여자하고는 아니었다. 그렇다고 그 전 여자하고도 아니었다. 그런데 이 여자는 그가 머나먼 눈꽃 길로 마음을 흘려보내듯이, 비밀 약속을 실토하겠다던 사실을 까마득하게 흘려보내, 하려던 말을 잊어먹었다. 이렇듯 잊음이 헐복한 며느리를 본 어머니의 상심은 어떠했을 것인가. 죽음에 이르는 깊은 속병이 되지 않을 수 없었을 것이다.

그게 어머니 사랑이다.

그는 양쪽을 다 이해하고 사랑하려 애쓴다.

그는 어머니가 살아 있기를 간절히 바란다. 만약, 아직도 숨이 붙어 있기만 하다면, 둘을 화해시킬 기회가 될지도 모른다.

"눈이 오니까 좋아?"

"프랑스에서도 눈 많이 왔어. 알프스에는 더 많이 왔지."

아내의 유학시절 이야기는 몇 번씩이나 들어서 잘 알고

있다. 그녀는 기분이 좋을 때만 그때 그 시절 이야기를 하는데 지금도 기분이 좋다. 그러나 스키를 탈 때까지는 좋은데 넘어져 다친 이후의 이야기가 나오면 그만 걷잡을 수가 없게 된다. 의사의 말로는 그 트라우마는 스스로의 의지가 아니면 벗어던질 수가 없다는 것이었다. 약물치료로는 한계가 있다. 신경안정제는 오히려 환자를 무기력하게 만든다. 이는 장인이 그에게 누누이 설명한 또 다른 학설에 의한 정보다.

"어, 이것 봐라. 눈발이 마치 나비 떼처럼 군무를 추네?"

고속도로를 벗어나 국도로 접어들자 눈발이 거세지기 시작한다.

아내는 철부지처럼 날리는 함박눈을 즐기고 있다. 눈은 금세 온 세상을 하얗게 뒤덮는다. 나무 위에도 바위 위에도 길에도 숲에도 눈이 내려 순백이 된다. 순백은 더러운 것들을 덮는다. 그는 문득 「설국」이라는 소설을 떠올린다. 터널을 지나자 온통 설국이 펼쳐졌다. 그곳에서 샤미센 소리가 들렸다…. 그러나 여기서는 전통적인 악기소리는 없고 들녘을 휩쓰는 바람소리만 윙윙거린다. 들판을 지나 산길로 접어들자 바람소리 대신에 기괴한 산소리가 들렸다. 함묵의 고함소리다. 짙은 함박눈이 그 함묵의 소리를 함께 끌어안고 산야를 뒤덮는다.

산길은 점점 고불고불해지고 시야 확보가 잘 되지 않는

다. 전조등을 높였지만 시계가 흐리다. 갑자기 밀어닥치는 눈보라에는 아무리 고급 차라도 속수무책이다. 유리창닦이가 삐거덕거린다. 게다가 스노타이어도 체인도 준비하지 않은 상태라 어디까지 갈 수 있을지가 걱정스럽다. 다람쥐골까지 가자면 굽이굽이 비탈진 산 고개를 넘어야 한다. 다람쥐골이 달리 다람쥐골인가? 다람쥐도 드나들기 힘들 정도의 오지 중의 오지라는 이야기다.

그는 운전대에 감았던 손을 바짝 당겨 잡으며 긴장을 늦추지 않는다.

"허어, 이런 날씨를 봤나. 이러다가 재를 넘기 힘들겠는데?"

"낭만적이지 않아요?"

아내는 능청스럽게 낭만을 들먹인다. 그래, 낭만적이긴 하지. 이게 어머니 임종을 지키러 가는 길이 아니라면…. 전혀 낭만적일 수 없는 시점에 낭만을 되뇌는 이 여자, 그런 여자를 데리고 눈길을 가는 이 남자, 이들의 동고동락, 아니면 동고동행이 오늘의 주제다. 동고동락… 동고동행…, 그는 애써 끝말잇기 같은 말놀이를 해가며 눈발을 헤친다. 유리닦이가 최고조의 부지런을 떨며 쌓이는 눈을 밀어내지만 감당이 불감당이다. 보닛 위로 찰진 눈이 수북이 쌓이기 시작한다.

"나 이 길 기억나."

"그래? 이 길이 어떤 길인데?"

"뭐랬더라? 재 이름이 있었는데…."

그는 차마 여기가 싸리재라는 말을 하지 않는다. 스스로 기억해내기를 바란다. 집에까지 가자면 두 개의 재를 넘어야 한다. 싸리재 소쿠리재… 노랫말로 만들어 가르쳐준 적이 있다. 일명 다람쥐골이라 불리는 토지면은 작고 큰 이 두 개의 재를 넘어야 나오는 궁벽한 곳이다. 지금은 오히려 그 궁벽이 자산이 되어 외지 사람들 별장지로 땅값이 오르고 있는 추세이긴 하지만 그곳에 사는 사람들의 불편은 이루 말할 수 없는 것이다.

"나 프랑스에서 함께 살았던 그 친구, 대학교수 있잖아…."

친구가 어디 하나둘인가. 대학교수는 또 하나둘이고? 그는 그 중 어떤 남자를 그린다. 아마 그를 만나러 갈 약속을 잡았겠지? 아내는 또다시 아까 하던 약속 이야기를 끄집어낸다.

"응, 그래 그런데 그 이야기를 지금 꼭 해야 되겠어?"

그는 운전에 집중해야 하니까 좀 조용히 해, 하고 싶다.

"난 솔직히 말하고 싶으니까."

그의 말은 입속에서 묵음이 되어 침 속으로 섞여들어갔고 아내의 말만 음성이 되어 흘러나왔다. 음성은 이내 찬란한 이국적 야경과 함께 조명이 찬란한 호텔 로비의 긴 복도를 따라 걸어들어가고 있었다.

그는 아내의 내밀한 사생활 같은 건 알고 싶지 않다. 그렇다고 아내의 부정을 발견했다는 뜻은 아니다. 이미 둘 사이에 애정관계 같은 건 없다. 그저 행방불명이나 안 되었으면 하는 바람이고 어디 가다가 느닷없는 교통사고 같은 것만 당하지 않으면 된다는 바람뿐인 동거생활이다. 지킬과 하이드를 한 몸에 안고 사는 두 얼굴의 사나이, 시도 때도 없이 변하는 이 인격체를, 그는 용서하고 때로 질타하며, 그게 그 숙명이라는 설득과 함께 변신을 거듭해가며 살아간다. 그렇다면 시인의 말대로 또 다른 길도 가볼 수 있다. 그 길이야말로 산 자의 입에서는 들을 수 없는 전혀 새로운 길일 수도 있을 것이다.

지금이 바로 그 어느 한쪽을 선택해 변신을 시도해야 할 때다.

그는 옆에 앉은 여자 이상으로 복잡한 신경체계를 가지고 있다. 그는 자신을 객관화시켜 다른 인물로 만들어놓고, 타인에게 말하듯, 또 다른 단어 하나를 떠올려 상기시킨다. 한계점이다. 비행기에 있어선 이 한계점을 반환점이라 한다. 어린왕자를 쓴 생텍쥐페리는 '비행기에 되돌아갈 수 있는 연료가 남아 있는 시점'이 반환점이라 했다. 이 터닝포인트를 벗어나면 죽음에 이르게 마련이다. 생텍쥐페리는 이 터닝포인트를 고의적으로 넘어서 사막에 불시착하는 스릴을 맛봄으로 죽음에 이른 것으로 알려져 있다. 이와 비슷한 임계점이라는 말도 있다. 액체와 기체의 경계점을 분간할 수 없게 되는 임계상태를 뜻한다. 이 점에서는 액체인 상태이지만 그 점을 넘어서면 기체가 된다. 존재와 무존재의 경계점이다. 물이 끓어서 증기가 되는 것과 같은 현상이다. 생과 사의 분기점도 이와 같을 것이다.

그는 이쯤에서 사슬을 끊고 경계를 넘는 꿈을 꾼다.

바로 여기 어디쯤이라고 했다. 아내가 사고를 당한 지점이 바로 이 고갯길 어디라고 했다. 그때 그는 해외지사에 나가 있었고 일을 얼마나 열심히 했든지 아내의 주검을 지키지 못했다. 하여 아내는 배웅 없는 이별을 했다. 그게 늘 목에 가시처럼 걸려 있다. 그가 어머니의 임종을 갈망하는 까닭도 이것 때문이다. 죽은 자로부터의 자유를 얻고 싶은 것이다. 산 자는 죽은 자로부터 자유로울 수가 없다. 화해와 용서가 없는 한 그 자유는 영원히 얻을 수 없다. 때문에 종부성사가 있는 것이다.

"이게 뭐야?"

갑자기 차가 헛바퀴를 돌리면서 빙그르르 옆으로 미끄러지는 느낌을 받은 그는 급히 제동을 건다. 사륜구동이 가동되고 있었지만 소용이 없다. 고지가 저기인데…라는 말은 책에나 있을 법한 말이 되고 말았다. 마치 골짜기를 휘몰아쳐오는 눈보라가 차를 꺼당겨 내리는 듯한 느낌이다.

그는 핸들을 움켜쥐고 차가 미끄러지는 대로 후진을 해 나가며 핸드브레이크까지 걸고 갓길에 차를 주차시키는 데 가까스로 성공했다. 한번 서면 다시 출발하기가 더 힘든 눈길의 경사지인 줄 알면서도, 그래도 비교적 공간이 많은 곳에 차를 세웠다는 안도감에 핸드브레이크를 끝까지 당겨올렸다.

"아빠, 여기 어디야?"

큰놈이 언제 깨었는지 눈을 비비며 일어나 묻는다.

"응, 여기 싸리재…."

"그런데 왜 서 있어?"

"차가 힘이 부치나봐."

"우리 차는 힘센 차잖아?"

큰놈이 묻자 작은놈이 또 따라 묻는다. 목소리가 꼭 제 엄마를 닮았다는 녀석이다. 둘은 똑같이 자고 똑같이 일어난다. 일란성쌍둥이라서 그런지 생각하는 것도 말하는 것도 비슷하다. 그런데 희한하게도 성별이 다르다. 그러니까 한꺼번에 아들딸을 다 낳은 셈인데 전처는 이 둘을 남기고 갔다.

"그래, 고지가 저기인데… 올라갈 수 있을 거야."

그는 끊었던 담배를 찾아 피워물고 밖으로 나온다.

어디선지 모를 머나먼 곳에서 휘파람소리 같은 칼바람소리가 능선의 우듬지를 넘어오고 있다. 마치 그 우듬지를 뚫어낸 고갯길을 쓸며 넘어오는 천군만마의 말발굽소리 같은 함성이 머리칼을 날리고 귀싸대기를 친다.

"가지, 왜 멈춰요?"

"당신을 좀 보고 가려고…."

그는 그녀가 부른다면 그녀가 부르는 곳으로 갈 수도 있다는 충동을 느낀다. 보호자가 없어 그렇게 허망하게 갔다면 이제라도 그의 보호자가 될 수 있다는 생각이다. 그는 그의 머리가 짜내고 있는 하이드의 각본을 본다.

그는 이제 높은 곳에 올라와 오도가도 못하는 지경이 돼버린 차에 갇혀 꼼짝할 수가 없다. 이 눈길에 보험사를 불러도 올 수가 없을 것이고 이 한밤에 여기까지 와줄 견인차도 없다. 차를 움직이려 해보지만 헛바퀴가 돌고 차는 점점 미끄러진다. 오토라 뒤로 밀리지는 않는다 하지만 경사가 그 무게를 이길 수 없다. 어쩌다가 이 지경이 되었지? 안간힘을 써 앞으로 나가려고 버텨보지만 차는 점차 뒤로 미끄러지면서 차체의 무게를 감당하지 못한다. 보험 각본이다.

그는 담배를 한 모금 길게 빨고, 이번에는 지킬 박사가 짜내는 각본을 본다.

이번에는 〈킬리만자로의 눈〉에 대한 패러디다. 해리였든가? 그 영화의 주인공은 돈 많은 여자와 함께 킬리만자로를 여행하던 중 사고를 당해 구조를 받을 수 있는 비행기를 기다린다. 그러면서 호화찬란했던 과거지사를 회상하며 죽어간다. 왜 갑자기 이 영화가 떠올랐을까? 정성을 다해 상처를 돌봐주고 있는 여주인공 헬렌 역을 맡았던 수잔 헤이워드의 애절함 때문이다. 그녀는 그 영화를 보며 헤이워드가 자신을 닮았다는 이야기를 했었다. 아니, 자신이 헤이워드를 닮고 싶다 하였다. 그러면서 그를 그레고리 팩에다가 비유하며, '당신은 저 남자처럼 돈 많은 여자가 나타나면 얼씨구나 하고 따라나서겠지? 그렇더라도 나는 당신이 아프다면 당신을 끝까지 치료할 거야'라고 했다. 그 당시 헤밍웨이는 재력가의 딸인 폴린 파이퍼와 단꿈의 여행생활을 즐기며 이 소설을 집필했다. 그런데 왜 하필이면 여기 이 시점에서 그 시나리오를 각색하고 있는가.

그는 하얗게 피어오르는 담배연기 속의 두 그림을 모두 지운다. 하얀 바탕의 도화지에는 물고기를 그리면 바다가 되고 새를 그리면 하늘이 된다. 똥을 그리면 또 똥이 된다. 생각이 그림이 되고 그림이 행동을 만들게 되는 것이다. 어린아이들은 주로 새와 물고기를 그린다.

"아빠…."

갑자기 차 안에서 아이들의 울부짖음이 들렸고 차창을 두드리는 소리가 들렸다.

그는 무엇에 홀린 듯 담뱃불을 낭떠러지 아래로 집어던지고 차 안으로 들어간다.

여자가 차창을 두들기며 소리치고 있다.

"그 사람 있지?"

뜬금없이 그 사람이라니, 누굴 말하는 거야?

"응, 그 사람, 누구… 교수님?"

그는 엉겁결에 이렇게 대답한다. 여자는 자기 말에 반응이 없는 것을 제일 싫어한다. 그만큼 무시당해왔다는 반증이다. 여자는 갑자기 차 속에 혼자 갇혀 있다는 위기의식을 느꼈을 것이고 언젠가 알프스의 스키장에서 설통에 갇혔던 어두운 기억이 겹쳤을 것이다. 그는 여자의 어깨를 다독거려 안는다. 차가 흔들리면 뒤로 미끄러져, 위험하다는 소리는 하지 않는다. 이럴 때일수록 이해와 다정한 행동표현이 필요하다. 말보다는 체온이 필요한 시점이다.

그는 이론으로 중무장한 자신을 시험대에 올려놓았다. 가까스로 발작을 멈춘 여자가 태연스럽게 이렇게 말한다.

"응, 걔가 순수예술 대신에 상업예술로 전향했대거든? 네일아트숍을 오픈한다는 거야. 그래서 그 오픈 세리머니에 가려고 했던 거야."

여기까지 오는 내내 하고 싶었던 이야기가 겨우 이건가? 절로 헛웃음이 나오는 대화다. '그 사람 교수님?'이라고 존칭은 써줬지만 그는 '그'를 틀림없는 '남친'일 거라 오해하고 있었다. 그런데 '걔'라고 표현하는 것으로 봐서는 틀림없는 '여친'이다. 이제 좀 깊이 있게 진지하게 생각해보자. 이 별것도 아닌 약속을 말하기 위해 뜸을 들이고, 그 뜸들인 말을 한꺼번에 쏟아낼 수밖에 없는 절박함…, 그리고 그 뜸들임에 의구심을 품었던 고정관념들….

그는 여자의 눈처럼 순박한 일면을 본다. 이게 본성이라면, 이런 사람을 두고 망측한 상상을 했다는 건, 제 머릿속에 그런 티 거부지기가 한가득 차 있었다는 이야기에 지나지 않는다. 병 때문이지 사람 때문인 게 아니다. 병과 사람은 따로따로다. 따라서 어머니가 말한 '부잣집 딸이라서 개망나니로 커 그렇다'는 말은 수정되어야 마땅하다. 모든 문제는 이렇듯 선입견에서 비롯되는 것이다. 여기서 그는 또 헛웃음이 나온다. 이 둘을 화해시킬 시간이 없다는 것이다.

그는 오도가도 못하는 눈길에 갇혀 시동을 걸고 기어를 진행 방향으로 조작한 뒤 파워 액셀러레이터를 깊게 밟아야 할지 그대로 누군가를 기다려야 할지 알 수가 없다.

# 사자死者의 서書

— 수레바퀴

## 1 바르도

너는 지금 중간계中間界에 있다.

생사의 갈림길이다. 살 것인가 죽을 것인가? 너는 죽고 싶다. 그런데 의사는 한사코 너를 살리려 한다. 간호사를 시켜 혈압을 재게 하고 주사를 놓고 심폐소생술까지 했다. 죽고 사는 일이 의사의 손에 달렸나? 그건 안 된다. 내 생명을 내 맘대로 못한다면 나는 무어란 말인가. 사실은 그렇지 않음이여. 이 생에 남을 것인지 다음 생으로 환생할 것인지는 카르마業에 의해 결정된다. 이 생에 업보가 남았으면 아직 할 일을 마칠 때까지 여기 머물러야 할 것이고 그렇지 않다면 응보를 갚기 위해 다음 생으로 이전해간다.

한번 진 빚은 반드시 갚아야 한다.

내가 너에게 무슨 빚을 졌느냐? 왜 이리도 끈질기게 놓지 않느냐.

"아버지…."

네 눈물이 보인다. 너는 나로 인해 태어났으니 당연히 그럴 만하다.

"여보…."

차가운 손으로 나를 잡고 있는 당신은 그렇게 서럽게 울 필요 없다. 이쯤에서 우린 서로 잡았던 끈을 놓아야 한다.

"환자분, 내 말이 들리거든 눈을 깜박거려 보세요."

당신은 나를 살릴 의무가 있는지 모르겠지만 굳이 그렇

게까지 하지 않아도 된다. 나는 이미 스스로 이승을 떠나기로 작정한 사람이다. 눈치가 있으면 날 좀 놔두게. 그렇게 애타하지 말게나. 내 의식은 또렷하다. 그렇지만 나는 모르는 체하려네. 자네 내숭이라는 말 아나? 내숭 좀 떨겠네. 눈을 딱 감고 죽은 체하려네. 자네 정도 실력이라면 맥박이나 체온만으로도 당신의 환자가 어떤 상태라는 것을 알 것 아닌가? 그러니 날 좀 이대로 내버려두게나.

프로이드는 의식과 무의식을 두고 빙산의 일각이라 했다. 무의식이 훨씬 더 크다는 이론이다. 듣고 보면 그럴듯하기는 하다. 잠자는 사자의 콧등에 숨겨져 있는 그 촉각은 아무 때나 나타나는 게 아니라, 무심결에, 정말로 무심결에 나타나 사람을 깜짝깜짝 놀라게 하는 놈이니까 늘 생각하고 있는 것보단 크다 할 것이다.

"좀 쉬고 나면 나아질 겁니다."

그래, 현명하다. 역시 박사다. 눈꺼풀을 뒤집어보던 의사가 나가자, 두 사람 다툼이 또 다시 연장전을 편다.

"엄마가 너무 한 거 아냐?"

"내가 뭘?"

"아버지가 이렇게 된 건 다 새엄마 탓이야."

"내가 뭘 어쨌기에? 생사람잡네. 기껏 보살피고 있는 사람한테. 그러려거든 그만 가거라. 가서 다시 나타나지 말거라."

"그러잖아도 가요. 아버지가 저렇게 된 건 다 새엄마 탓이란 것만 알아두세요."

그래, 싸워라. 실컷 싸워봐라. 누가 이기고 지던 나는 상관없다. 너희들 맘대로, 너희들 갖고 싶은 대로 다 나눠갖고 가지 않았더냐? 로마 병정들은 피에 젖은 한 사나이의 겉옷을 벗겨 제비뽑기를 했다. 그는 죽으면서도 용서와 사랑을 외쳤지만 천둥 번개 빗소리가 그 외마디를 삼켰다. 엘리 엘리 라마 사박다니. 꼭 무슨 주문 같지 않니? 나는 이 주문과 흡사한 '옴마니반메훔'이란 주문이 생각나 피식 웃을 수밖에 없다.

그미를 만난 건 리장麗江이 먼저였든지 숑짠린쓰 티베트 수도원이 먼저였든지 모르겠으나, 두 곳 다 지상의 샹그릴라로 불리는 곳인 만큼 신비스럽고 고요한 곳이어서 너는 거기 분위기에 빠져 일행 중에 그런 사람이 있었다는 걸 인지하지 못하고 있었다. 그런 사람이라는 것은, 어떤 유명세나 혹하고 빠져들 만한 여성스러움 같은 것이 아니라 정말로 옴마니반메훔이라는 주문에 딱 들어맞는 신비감 그 자체를 말한다. 무엇이 신비한가? 해탈의 길을 얻음인가? 육도에 유전하는 제약을 벗어남을 말함인가? 그런 사후세계의 징후를 뜻하는 것이 아니다. 내가 처음 본 그미에 대한 첫인상은 마니차의 깡통 같았음이다. 티베트 사람들은 문맹자가 많아 경전을 쓴 경구를 두루마리로 만들어 깡통 속에 넣고 이걸 돌리는 것으로 경經 읽음을 대신해, 이 두루마리 깡통을 마니차라 한다 했다. 그 여자, 즉 다시 말해 네 딸이 새엄마라 부른 저 여자는 깡통에 다름아니었다는 이야기다. 첫인상이 어쩌면 그렇게 누런 깡통처럼 생겼을까? 하는 점은 너를 미궁 속으로 몰아넣기에 충분하였다. 깡통은 하 많은 사람들의 손을 타 반질반질 윤이 나고 건들면 놋쇠소리가 났다. 처음 그미는 그렇게 다가왔다.

"선상님 연화수보살을 알아요?"

그미의 말트기 물음이었다.

"보살은 알아도 연화수보살은 모르겠는데요?"

그렇게 곧이곧대로 대답했든가?

"보살은 뭔데요?"

"보살은 부처가 전생에 수행하던 시절, 수기를 받은 이후의 몸을 말하죠, 아마?"

"아이, 그런 거 말고요."

아마 그미는 넌센스 퀴즈를 하고 싶었던 모양이었다. 보살은 보리쌀의 경상도 방언이라 하였다. 그러면서 한 수 더 떠서 야구에서 야수가 잡은 공을 누수에게 보내어 주자를 아웃시키는 일을 돕는 것도 보살이라 한다 했다. 너는 그때 한창 『티베트 사자의 서』에 대한 이야길 읽고 있던 중이라 그런 농짓거리가 귀에 들어오지 않았다. 그런데 그미가 또 묘한 말을 섞어왔다.

"나 같은 보살 외면하면 어떻게 되는 줄 알아요?"

보시하는 셈 치고 말동무가 돼달라고 하였다. 꽤나 노골적이고도 솔직한 작업이었다. 생긴 거야 뭐 어떠랴. 깡통 같건 마니차 같건, 여자는 여자 아니던가? 겉 다르고 속 다른 수박이 있다면 아마도 그미를 두고 한 말이라는 생각을 여행 내내, 두고두고 하게 만들었다.

티베트에서는 사람이 죽으면 흰 천에 싸 산으로 간다. 산 위 어디쯤 바위에 놓으면 독수리가 날아와 쪼아먹는다.

조장鳥葬을 보는 내내 여자는 네게 속삭였다.

우리도 죽으면 조장해요. 우리라니? 며칠 지냈다고 갑자기 우리라니, 이럴 수는 없다. 그런데 이빨에 낀 울릉도 호박엿처럼 찰싹 달라붙어 결정타를 날린다. 난 이미 당신에 대해 다 알고 왔어요. 아내와 사별, 그 슬픔을 못이겨 아무것도 없는 설산을 찾아왔다. 나이 일흔둘, 이제 몇 년 남지 않은 여생, 누군가가 보살펴줄 여자가 필요하다. 아네요? 내 말이 틀렸음 아니라고 말해봐요. 자네 말이 맞아. 맞네. 어디서 뒷조사라도 해온 것 같군. 그럼 뭘 망설여요. 사람 인人 자의 뜻이 무언지 알아요? 서로 기대고 일어서는 거예요.

— 고귀하게 태어난 자여. 이 세상에 집착 마라. 태어난 자는 죽게 되어 있느니라.

조폭인가? 나 조폭 아니에요. 아무 끄나풀 없어요. 안심해도 되어요. 웃었던가? 아가사 크리스티 좋아해요? 그럼 한번 알아맞혀봐요. 서울서부터 따라온 건 사실이에요. 그렇지만 누구의 지령에 따라 한 일은 아니니 넘겨짚지 말구요. 힌트요? 친구가 있어요. 당신의 내일을 생각해주는 친구. 친구 생각을 해봐요. 돈? 돈 때문만은 아녜요. 물론 적절한 보상이 있었으면 좋겠지만 나도 살다 한번쯤은 이런 호강 해보고 싶었다고 이해해줬으면 좋겠고, 정 싫다면 할 수 없는 일이겠지만, 마지막 여생에 나 같은 젊고 섹시한 거미에 걸려 거미줄 타는 기분도 만끽해보세요. 이미 그 친구분께서 여행 경비는 다 부담하셨고 일의 성패와는 상관없이 여기서만 즐기면 그만 아녜요? 돌아가서 함께 섞이든 말든 그건 마음대로 결정하고요. 우선 당장 일행들 눈에 우리가 함께 온 부부가 아니라는 걸 들키게 해 여행 기분 망칠 생각일랑 말아달라는 거예요. 내게는 이 여행 정말 소중하거등요?

그미는 남편의 잿가루를 남 몰래 설산에 뿌리는 것으로 과거 청산을 했다. 그미로서는 일종의 개인적 의례 같은 것이었다.

— 여자여. 이제부터는 한 남자의 고리를 끊고 자유로워지리라.

너는 이 무슨 해프닝인가 싶었지만, 이 기발한 여행을 주선한 친구에게 줄 만다라 한 점을 샀었다. 고리는 끊으면 또 다른 고리에 묶이게 돼 있다. 수레바퀴 자체를 해체시키는 해탈의 경지에 이르자면 애당초 살을 입지 말았어야 했다. 한번 입은 살은 질량의 법칙에 따라 불변이다. 잠시 형체를 다르게 입었다손치더라도 사라져 없어질 수 없는 게 업보다. 그 업보가 다시 너를 묶는다.

"우리 아버지 재산이 탐나서가 아니라구요?"

"난 이미 K한테 보상은 다 받았어. 그러니 당신네들 재산엔 손톱만큼도 관심 없는 사람이야. 너무 그러지들 마. 아버지 살아 움직일 땐 꼼짝못하던 애들이 왜 갑자기, 사람 치사하게 만드니?"

"그렇다면 여기 남아 있을 이유가 없겠군요?"

"없지. 난 가. 그럼 누가 돌보나? 당신네들이 이미 고려장한 사람인데. 아픈 양반만 가엾지 뭐."

"그렇게 함부로 말하지 말아요. 여긴 비싼 요양원예요."

"비싸면 뭣해? 어차피 고려장인 걸? 마지막으로 한 가지만 더 물어보자."

"좋아요."

"내 집에 데려가 모셔도 안 돼?"

"그게 어째 당신 집이야. 이제 그 집도 비워야 할 걸?"

아들아, 너조차…. 이제 그미는 꼼짝없는 거미줄에 걸려 이중삼중 얽히고 포박 당하고 있다. 너는 누구 편을 들어야 하지? 도대체 이 나비효과는 어디까지 갈 것인가? 영화에서 본 장면이지만 마술사가 헝겊인형을 만들어 심장에 침을 찌

르면 실제 그 형상화된 인물이 괴로워 쓰러지는 주술을 본 일이 있다. 거미줄에 칭칭 얽힌 가엾은 나비의 날갯짓을 보노라면 저주에 걸린 마귀의 주술 침이 떠오르는데 너는 가만 누워 이것들을 지켜볼 수밖에 없다. 의사가 눈을 깜박거려 보라는 말을 했을 때, 실제 그렇게 할 수 있었는데 안 했는지, 못해서 못했는지, 의식이 불분명하다. 대고모집 한술이는 할머니와 싸워 홧김에 농약을 마셨다. 정말 마시려 그랬던 건 아니다. 입에 머금고 약간 겁만 주려했던 것인데 입에 털어넣은 약물이 저도 모르게 목구멍을 타고 흘러들어가 위장을 다 태웠다. 그가 그랬다. '아이고 오짝꼬, 할매야. 약이 참말로 넘어가 버렸다.' 할머니는 그러한 손자를 들쳐메고 병원으로 뛰었다. 네가 꼭 한술이 꼴 난 게 아니냐?

너는 힘이 빠져 달아난다. 그게 네 탓이건 누구 탓이건 결과적으로는 그렇게 됐다. 그래, 그래도 명줄이 붙어 있으면 살아남는 거고 아니면 가는 게지 뭐. 비석비식 웃음이 나오는 걸 참느라 눈에 눈물이 다 고인다. 그러한 네 마지막 눈물을 닦아줄 자, 과연 누구인가? 벽안의 며느리는 이미 일찌감치 떠났고, 아들은 아들대로 딸은 딸대로, 결국, 드디어, 마지막엔 아무도 없다. 결국 혼자다. 설산에서 내려오며 '눈이 눈에 들어가니 눈물인지, 눈물인지 모르겠네요' 하던 당신은 이제 돌아가도 좋다. 이제 당신(한 콩깍지 속 콩깍지들도 저러는데 딴 콩깍지 속 색다른 콩알)이 할 일은 더 이상 없다. 토사구팽은 아니다. 아들아, 너도 이제 돌아가도 좋다. 나는, 단지, 혼자 남은 나는, 나대로 이 길을 갈 뿐이다. 삶은 시간이다. 시간 줄을 잡고 있을 때 살아 있는 것이다. 이제 시간 줄을 놓아버리거나 시간 줄에서 떨어져버리면 허방이다. 옛날엔 이 허방다리를 건너기 위해 순장을 했지만, 그러기 위해 돈과 권력을 쥐었지만 지금은 그것도 아니질 않은가? 현대판 고려장에서는 모든 사람들을 멀리한다. 단 한 사람 교육받은 간병사만 있으면 된다. 이게 만물의 영장류가 만든 문명의 최후 걸작인 것을. 누가 거스를 것인가.

**2 만다라**

우주 진리, 허방 속에 그린 그림.

친구는 안다. 그 친구는 네게 무엇이 어떻게 필요했는지를 알았다. 친구는 그래서 친구다. 이 세상에는 돈보다도 더 귀중한 무엇이 있다는 것을. 그래서 마지막 가는 길에 친구를 보내줬던 친구.

"이 친구야. 늙은 것도 서러운데 외로움까지 싸안고 살아서야 되겠나?"

살아 숨붙어 있는 날까지 만이라도 살붙이고 지낼 부드러운 털가죽 짐승 하나 있어야 하지 않겠느냐. 아무런 욕심 없는, 그야말로 새털 같은 무욕의 여자다. 그걸 구해준 걸

고맙게 생각하라며 마지막 생색을 내던 친구, 돈 벌어두었다가 뭐하냐며, G에 대한 옛정은 이제 가슴속에 묻고 새털 같은 새 보금자리에 묻혀 살라 했던 친구, 그가 먼저 갔다.

"인생 잠깐이여."

이제 올 날이 간 날에 비교가 안 될 만큼 짧다 했던 친구, 그를 조문하고 돌아오던 길은 아득했다. 너는 악동 같은 친구의 환영에 사로잡혔다. 추락하는 것은 날개가 있다 했든가?

"날자. 새처럼…."

새처럼 날아간 사내가 있다. 날개를 달자고 겨드랑이 깃털에 촛농을 붙여 하늘을 난 사나이. 그는 추락하면서 아파했을까? 이카루스는 미노스 왕의 명공 다이달로스의 아들이다. 다이달로스는 한때 왕의 총애를 받았으나 크레타의 왕비 파시파이의 부정을 도와주었다는 이유로 왕에게 미움을 사서 아들과 함께 탑 속에 갇혔다. 감옥에서 탈출하기 위해 탑 위에 떨어지는 새들의 깃털을 주워모아 날개를 만들었다. 이윽고 날개를 만든 두 부자는 탈출에는 성공했는데 아들은 욕심을 부렸다. 드높이 날고 싶은 것이다. 높이, 드높이, 하늘 높이 올라간 이카루스는 태양에 너무 가까이 가 날개에 붙인 촛농이 녹아내려 바다로 추락한다. 그 바다를 일컬어 이카리아 해라 부른다.

그런데 이상도 하지. 눈이 뜨이질 않아. 혀끝의 말이 풀려나오질 않아. 일부러 그렇게 보이려고, 의식적으로 한 짓인 줄 알았는데 그게 아니야. 정말 오그라든 거야. 어쩌지? 이러면 정말 곤란한데. 또 의사가 왔네. 내 소리를 알아듣겠거든 눈을 깜빡거려 보라는데 그조차 힘드네. 눈물이 나. 웬걸? 눈물도 그냥 눈물이 아니라 뜨거운 눈물이 나.

아무리 88234(팔팔하게 살다가 이삼일 앓고 죽는다)라지만 이러려고 그런 건 아니거등? 차가 급정차를 한 건 뛰어든 노루를 피하려 했던 게지 일부러 그런 건 아니거등? 처음에 내가 죽고 싶다고 한 건 그러고 싶었다는 거지, 차라리 그렇게라도 해서 팔팔한 기운으로 가고 싶었다는 막연한 망상을 한번 떨쳐본 것이지, '아이고 오짝꼬 할매, 약이 참말로 넘어갔다'던 놈처럼 정말 그랬던 건 아니었거등. 믿겠니? 그런데 정말로 이렇게 됐네. 의사를 전달할 수 없게 됐잖아.

너는 지금 의사를 전달하고 싶어한다. 소통이 하고 싶다. 그런데 그게 안 된다. 의사는 간단한 말로 의식불명이라지만, 나는 지금 의식이 있거든, 그렇지 않아? 모든 것이 또렷이 다 보여. 의식활동이 뚜렷하단 말이지. 의식과 무의식 모두 명약관화하단 말이지. 더군다나 시각 청각 후각 모든 지각반응은 이전보다 더욱 날카로워. 몰래 숨어서 하는 전화소리까지 다 들리잖아?

"응, 그래. 이젠 다 된 거 같아. 나중에 후회하지 말고 한번 와보고 가는 게 좋지 않을까? 아무리 그래도 애들 할아버지 아냐? 애들 교육상으로도 그렇고…. 그래, 뭐? 티켓? 정 오기 싫다면 강요하진 않을게…."

여보세요. 여보세요.

사방으로 핸드폰이 터져나가는 것을 보니 정말 임종이 촉박하긴 한 모양이네? 그렇게 되면 어떻게 되나. 온갖 어중이떠중이들 다 몰려들면 당신만 더 시달리는 거 아냐? 어쩌다가 일이 이렇게 얽혀버렸지? 더 꼬여버리기 전에 그미를 떠나보내야 한다. 그래도 마지막 위안이었고 기댈 언덕이었다.

너는 슬며시 일어나 그미에게로 가 그미의 뼈만 앙상한 어깨에 손을 얹는다. 그리고는 속삭이듯 말한다. 당신 차라리 며칠 여행이라도 다녀오지. 더 이상 시달리지 말고. 어라! 이것봐. 못 알아듣잖아? 유체이탈도 소용없다는 말이야? 아니지, 너는 아직 죽은 상태가 아니니, 유체이탈이 성립될 리 없지. 가만, 이럴 땐 어떻게 해야 하나, 방도가 없나? 일어나 고함이라도 꽥 지르고 싶지만 그것도 별무소용. 그렇다면 너라는 존재는 도대체 무엇이란 말인가? 소통이 되지 않으면 죽은 거나 마찬가지다. 죽었나? 죽지도 않았다. 그렇다면 죽어야 소통을 할 수 있다는 이야긴데 아직 죽지도 않았다. 그래서 중간계? 그렇담 당장에라도 죽자. 그것도 맘대로 안 된다. 생사는 뜻대로 되는 게 아니다. 업장이다.

이제부터는 죽은 체하고 유체이탈을 시도해보자. 너는 너를 객관화시켜 분리작업을 시도한다. 드디어 너는 너, 나는 나임이 보인다. 가느다란 호스를 타고 흘러드는 핏줄이 보인다. 사람들은 수혈이 목숨을 연장한다고 믿는 모양이니, 우선 이 생명연장 줄을 끊어보자. 끊어라. 짤까닥, 나는 죽었다. 그래 죽었지? 죽은 후에도 무엇이 보이느냐? 무엇이 들리느냐? 생각이 있고 느낌이 있느냐? 있고 말고. 생시와 똑같은걸. 그러면 죽었다는 게 무슨 소용? 그래서 중간계?

의식은 무의식을 지배하고 무의식은 의식을 지배한다. 의식체계는 에고의 세계이고 무의식에는 이드와 슈퍼-에고가 존재한다. 이드는 본질적 공격성이 강한 욕망의 세계고, 이 욕망의 세계를 통제하고 제지하는 것이 슈퍼-에고다. 슈퍼-에고는 초자아적 세계로 욕망의 세계를 억압해 조율하는 힘이 있다. 초자아적 관습과 규율을 통해 이드가 통제되고, 조화를 이룰 때, 드디어 도덕적이고도 양심적인 평안을 얻는다. 이 상호관계가 의식과 무의식을 수시로 넘나들며 서로를 지배한다. 상호지배체제라면 이·기호발론과는 무슨 차이가 있는가?

이봐, 너는 이제 교수가 아니다. 빨리 죽어야 할 놈이 무슨 계산이 그리 많으냐. 오그라든 누에 번데기마냥 아무런 가치도 소용도 없는 빈껍데기일 뿐인 놈이 아직도 그놈의 항문을 버리지 못함이여. 우화등선이라도 바란다면야 참선을 해야지. 아니면 기도라도 하라구. 이럴 때 종교가 있었으면 참 편리할 텐데. 거기 엎어져버리면 되잖아? 믿고 엎드리면 다 이룰 수 있다는데 왜 여태 이마를 낮추지 못했나? 길가에 널린 게 교회당이고 포교당인데 무엇 때문에 거기 한번 들르지 못했지? 모래알갱이처럼 많은 세월과 시간을 보내며 너는 무얼 했지?

만다라.

티베트 사람들은 모래로 만다라를 만들어, 형형색색의 모래로 만다라를 만들어, 몇 주에 걸쳐 만다라를 만들어, 가는 길을 예비했다. 평생을 두고 풀어야 할 숙제를 모래 만다라로 풀었다. 꼬리에 꼬리를 물고 늘어지는 인연의 끄나풀들. 업보. 이 연을 끊어내지 못하면 죽어도 죽은 게 아니라 하여 옴마니반메훔을 외던 사람들은 만다라를 만들었고 제우스 신을 향해 날아오르던 이카루스는 새털을 모아 촛농을 붙여 날개를 만들었다. 날자! 한번만 더 날자꾸나. 이상은 제 아내가 몸을 파는 걸 보며 몽유병 환자처럼 중얼거렸다. 어느 게 과연 진정한 날개였을까.

TV에서 기타를 든 청년과 스님이 진정한 자유를 만들어내고 있다. 회향에 대한 이야기다. '회자향타를 회향이라 합니다.' 내가 쌓은 공덕을 남에게 돌려준다는 뜻입니다. 사누라는 사미가 있어 항용 경을 읊고 나서는 제 어미를 위해 회향을 합니다. 그 육신의 어미는 이미 죽어 약키니가 된 상태라지요. 약키니가 누굽니까? 여자 야차를 뜻합니다. 야차는 저급한 신이지요. 사누의 회향을 받은 이 약키니는 약키니 세계에서 점점 유명해져 예우를 받는 자리에까지 오릅니다. 효자를 둔 덕분이죠. 그런데 어느 날 갑자기 사누는 수행에 싫증을 느끼고 환속을 결심합니다. 그러니 어찌되겠어요? 천계에서 이 광경을 본 어미 약키니가 달려 내려와 그의 몸속에 들어가 발광을 일으켰지요. 세상에서는 이런 상태를 접신의 상태 혹은 귀신 들린 상태라 하지요. 약키니가 무당의 입을 빌려 이렇게 말합니다. 법계로 돌아가라. 계율을 범한 스님의 참회의식인 우보사타를 치른 사누는 정상을 되찾고 청정한 삶을 살아 윤회의 고리를 끊었다는 이야기…. 바보상자도 때때로 철학을 논한다.

"에구, 눈은 말똥말똥한데요?"

눈만 말똥말똥하면 뭐해요? 식물인간이 따로 없는데요. 돈 아깝다, 부자라던데, 한번 맘놓고 써보지도 못하고. 문병객들이 떠나고 나면 간병사들만 남는다. 비방 같은 건 좋은데, 제 맘대로 채널을 재깍재깍 돌리는 처사는 이거 또 뭐냐? 환자에 대한 배려는 아니다. 번연히 두 눈 뜨고 시청을 하고 있는데, 회향 같은, 남을 위한 공덕쌓기의 선행 같은 걸 배우고 있는데, 웬, 무슨 축구냐? 살아 있는 소 떼를 생매장하면 어쩔 것이냐? 구제역이 무엇이길래, 온 나라가 '살처분'이란 생소한 말로 들끓는가? 이건 분명 인재다. 처참한

결과를 알면서도 묵인해온 오랜 죄악이다. 소들은 풀밭에 살아야 한다. 제 몸을 움직일 수도 없는 닭장 속의 닭이나, 돼지우리 속의 돼지나, 손발을 묶은 쇠침상의 환자나, 이건 모두 참살에 다름아니다.

아수라장이라는 말이 있었든가? 바보상자는 끊임없는 아수라장을 연출한다. 너는 이제 이 난장판을 하직할 때다. 잊어버려라. 잊어버리고 두 눈을 감아라. 그러면 의식이고 무의식이고 그 모든 끈을 놓아버릴 수 있을 것이다. 날자, 한 번만 더 날자꾸나. 촛농이 다 녹아, 깊은 바다 혹은 천길 낭떠러지에 떨어질 때까지 높이 드높이 한번만 날자꾸나.

## 3 회향

중국 산동성에 최천선이 살았다. 일자무식의 석수장이로 서른두 살로 병들어 죽었다. 관 속에 들어간 지 사흘 만에 다시 살아나 세상을 놀라게 했다. 그런데 가족도 이웃도 알아보지 못한 채 전혀 딴 사람이 돼 있었다. 때마침 주위에 붓과 벼루가 있어 글을 써내려가는데 일자무식꾼의 글이 아니었다. 내용인즉 자신은 중국 사람이 아니라 안남 사람이라는 것이다.

— 나는 안남에 사는 유건중이라는 사람입니다. 병 중에 있다가 어머니가 덮어주는 이불을 덮고 잠시 잠들었다가 깨어나보니 전혀 낯선 이곳에 와 있습니다.

유건중의 육체는 잠든 사이 죽어버렸고 영혼은 신명계를 떠돌다가 중국까지 와 최천선의 몸을 입은 사건이다. 급기야는 북경대학 연구팀이 몰려오고 이 사실은 모두 사실이라는 것이 밝혀져 세상을 놀라게 했다.

차시환생을 이야기하는 스님의 표정은 단호하다. 유계를 믿고 싶지 않으면 믿지 않아도 좋지만 이러한 실제 사례가 있는 대도 못 믿겠다는 것은 어리석은 태도라 한다. 안 보고 믿는 사람은 행복하다. 하늘나라가 저희 것이며, 보고도 못 믿는 자는 불행하다. 영원히 그 나라에 들어갈 수 없음이로다. 나사렛 목수의 아들은 죽은 지 사흘 된 나사로를 살려내 걷게 하고, 자신도 죽은 지 사흘 만에 다시 살아나 부활 영광을 얻어 그 나라를 얻었다. 이건 확실한 증거들이 있는 대도 못 믿는 게 중생들이다.

세상에는 불가사의한 일들이 많다. 그러나 사람들은 제가 아는 만큼만 보고 믿고 행한다. 이는 마치 편식증과 같은 것이다. 골고루 알고 골고루 먹는 것이 건강에도 좋다. 모르는 세상도 있는 것이다. 증명될 수 없는 일들도 많다. 그래서 안 보고 믿는 자는 행복하다 했다.

『티베트 사자의 서』에 이렇게 적혀 있다.

사람이 죽으면 49일 동안 떠돌며 방황을 하게 된다. 좋게 말하면 여행이고 더 구체적으로 말하자면 진로선택의 시기다. 이 사후세계를 바르도라 일컫는다. 마치 환각의 세계와 흡사하다. 거기서 일단은 전생의 생에 대한 검증을 받아야 한다. 이런 넌센스 퀴즈가 있다. '너 살아생전 용추사 일주문을 가본 일이 있느냐?' 이것 모르면 큰일이다 싶어 짐짓 '예' 하고 대답해버린 시주에게 묻는다. '그래, 그 일주문을 무엇으로 만들었더냐?' 나무 중에 제일은 금강송이라, 아무렴 그렇겠지? '금강송입니다' 아닌가? 청송 홍송인가? '예, 이놈. 엇다대고 함부로 거짓부렁을 부리려 드느냐?' 여지없이 불지옥으로 떨어뜨려버렸다. 다음 생에라도 이 시험에 합격하려고 떨어지면서 묻는다. 용추사 일주문 기둥을 뭐로 만들었다고요? 한쪽은 싸리나무, 또 다른 한쪽은 칡넝쿨이니라. 빌어먹을, 그 말을 믿으라고?

무간지옥을 가든 극락왕생을 하든지 지은 업보대로 가려진다. 그 대기실이 바르도다. 49일 동안 여기 머무른다. 바르도에는 치카이 바르도와 초에니 바르도가 있다. 치카이 바르도는 흰 빛의 죽음의 문을, 초에니 바르도는 신들의 세계로 평화의 신들과 악귀의 신들이 함께 있다. 여기서 중심을 잡으면 평화의 신을 만나고 못 잡으면 분노의 신을 만난다. 이 환각의 세계와 같은 바르도에 머무는 동안 회양을 많이 받으면 위치가 점점 올라간다. 따라서 49제 의식의 봉축을 받아야 한다. 스스로 명상을 통해 중심을 바로잡으면 좋겠지만 후손의 도움을 받는 것도 좋은 결과를 낼 수 있다.

깨어 있으라. 자신의 마음을 지켜라, 하는 것은 이 때문이다. 친구여 편안한 마음으로 자신의 마음을 통합시키게나. 연꽃 위에서 태어난 자. 그대 고귀한 영혼을 빼앗기지 말게나. 하찮은 일들로 마음 상해하지 말게나. 저들이 무슨 짓을 저지르건 그건 저들 몫의 업이겠거니. 염마의 심판은 선행에 있다. 이제라도 마지막 선행을 베풀게나. 바르도의 세계에서 신의 세계로 가는 길은 흰 돌, 악행에 젖어 축생으로 거듭나는 길은 검은 돌로 상징되나니, 그대 어느 돌을 주워 어느 길로 가려나? 그 생각에만 정진하게나.

환생의 세계로 드는 시드파 바르도가 있다. 부부가 화합해 아기를 탄생시키는 순간이다. 선행을 많이 쌓으면 신의 세계로 들어갈 수 있다. 허나 인간으로 태어나는 게 더 좋다. 이게 환생의 바람이다. 환생은 에너지 보존의 법칙에 따라 한번 태어난 것은 소멸하지 않는다. 고귀하게 태어난 자여, 남여합환상을 보라. 정신을 집중하라. 그러나 마지막 관문이 중요하다. 좋은 부모를 선택하는 일이다. 자궁 속으로 들어가라. 사후세계의 끝이니라. 어둠을 타고 흘러내리면 그곳이 곧 죽음인 바르도의 끝이요, 탄생의 시작이니라. 죽음과 탄생은 통합과정이며 해방과 묶임이 확정되는 순간이다.

— 죽음을 직시하라, 죽은 후에도 생은 계속된다.

파드마 삼바바의 말이다. 그는 인도에서 태어나 티베트 캄포르나르 설산에 올라 『사자의 서』를 써 묻어놓고 어디론가 행방을 감추었다. 6백 년이나 훌쩍 세월을 넘긴 뒤 이 기록을 찾아낸 서방세계의 어떤 탐험가는 이를 세상에 알리려 전 생애를 바쳐 번역사업을 시작했다. 그리고 베스트셀러 작가가 되었다.

너는 죽은 것일까? 그의 이론에 따르면 너는 분명 바르도에 머문다. 이제 며칠이 지났건 그런 건 중요치 않다. 차시 환생도 회향도 바라지 않는다. 단지 내가 바라는 게 있다면 너들이 싸우지 않는 것이다. 모든 걸 놓고 갈 수 있도록 빈손 들고 털고 갈 수 있도록 나를 놓아다오. 부자가 하늘나라 들어가기는 낙타가 바늘귀를 통과하기보다 어려운 일이라 했다.

그미, 너들이 부르는 그 새엄마는 보시를 행했다. 내겐 많은 위안을 주었거니. 그러니 너들도 보시를 좀 하면 안 될까? 그게 내 생각이다. 유언장에 공탁된 그것들은 함부로 고칠 성질의 것이 못된다. 그건 어디까지나 내 맘이니까. 그런대도 너들은 변호사까지 마음대로 샀다. 나는 알지만 말은 못한다. 그래서 벙어리 행세를 하고 있질 않으냐? 저길 보아. 저 옆에 웅크리고 앉아 있는 사람. 통한의 이마를 짓찧어대고 있는 사람. 평생 한 짓이 돈벌어 제 배불린 일밖에 없는 사람, 남 줘본 일 없으니 얻어먹을 일이 막막하다네. 여기서는 서로가 서로의 입에 밥숟갈을 떠먹여주지 않으면 안 될 기나긴 숟갈을 들려준다. 무슨 만화 같은 이야기냐고? 만화 같은 상상력이 없었으면 미래는 없지. 만화의 상상은 위대한 거야.

결정의 순간이다. 신의 세계로 가느냐, 다시 인간의 세계로 가느냐, 그도 아니면 차시환생을 하느냐. 차라리 애완견으로 태어날까? 구제역 많은 동네에 가서 소로 태어나는 것보다야 낫지 않을까? 심심산골 산천어로나 태어나 어느 심심한 낚시꾼의 술안주라도 돼버릴까. 어느 절벽 한 그루 오동나무로나 태어나 거문고라도 돼 기나긴 밤을 지새우게 하는 노래라도 될까. 지렁이가 되어 꿈틀거릴까, 두더지가 돼 땅굴을 파볼까. 그래도 축생보다는 인간이 낫지 않을까? 인간도 여자라면. 화장을 하고, 립스틱 짙게 바르고, 옷은 얇게 입고, 머리를 리드미컬하게 빗고, 야하게 웃고, 직장도 안 나가도 되고, 근사하지 않아? 아름다울 거야. 여자라면 이승이 저승보다 나을 거야.

이제 시간이 그리 많지 않다. 시간은 모래시계처럼 흘러내려가고, 모래를 다시 뒤집어 채우자면 바르도의 동굴을 지나야 한다. 너는 결정의 순간을 기다리며 중심을 잡아보려 하지만 워낙 쌓은 수행이 없다. 그러니 떠밀리듯 축생 환생구로나 갈 수밖에 없다. 너는 이제라도 회향이 필요할 때인데, 도움이 절실할 때인데, 그런 인물도 없구나. 네가 회향해본 일이 없으니 누가 널 위해 회향하겠는가. 무간지옥이 따로 없다. 이 자각이 너를 무섭게 한다. 이게 곧 죽음의 공포다. 너는 이제 죽음이 엄살이거나 허풍이 아니라는 것을 안다.

그런데 저게 누구냐? 흰 강아지를 앞세우고 걷는 저이는 어머니? 널 자궁으로 빼내어 젖 먹여 기른 네 어머니가 아니냐. 사누의 회향을 받은 약키니가 아니냐. 오! 구세주. 네게 네 몸을 입혀준 네 어머니가 아니냐. 아, 어머니. 달려가 안겨보려는데 발목을 잡는 족쇄가 있다. 너는 살아생전 개목에 목줄을 걸었으니, 영락없이 목줄에 감겼구나. 목욕탕에서도 벗지 않던 금목걸이, 네 목에 걸린 개줄이 너를 묶는구나. 이제 와서 벗어던지려 해도 소용이 없구나. 서로 마주보며 오갈 수 없는 이곳과 저곳은 경계가 너무 뚜렷하다.

"네가 이곳은 웬일이냐?"

"…."

당신은 살아생전 마르고 닳도록 외로움을 매만지던 은가락지를 네게 건네준다. 이걸 잊고 있었구나. 그래도 네 대를 이은 며느리에게 전해라. 한 집안의 대를 잇는 증표를 전하라는 어머니의 강아지를 따라 너는 한없이 아득한 계단을 내려온다. 환자분, 내 말이 들리거든 눈을 깜박깜박해보세요. 그것도 안 되면 주먹을 폈다 오므렸다 해보세요. 주먹을 펴니 그 손가락에 당신의 은가락지가 껴져 있다. 이게 어떻게 이 손가락에 껴져 있었지? 생각해볼 겨를도 없이, 뼈만 남아 앙상해진, 헐거워진 손가락에서 가락지가 빠져 달아난다.

너의 손가락에서 빠져나간 가락지는 병실 바닥을 팽그르르 돌다가 멈춰서면서 모로 쓰러져 넘어진다. 이건 분명 반지의 제왕이나 가질 만한 반지다. 그런데.

"어머, 이게 어디서 떨어졌지?"

간호사가 얼른 챙긴다. 정작 있어야 할 자리엔 아무도 없다.

"이봐, 그건 우리 집 가보야."

그러나 며느리에게 물려주라던 어머니 유언은 이제 물 건너갔다. 며느리는 아직 얼굴도 본 일 없는 바다 건너 있으니. 비록 값나가는 물건은 아니지만 할머니의 할머니로부터 물려받은 한 집안의 가계는 이렇게 허망하게 끊어진다. 너는 두 눈을 뻔히 뜨고도 추락할 수밖에 없다. 이미 날개는 녹아내렸다. 삶이란 시간의 줄에 메여 있는 영혼의 연, 이제 너의 연은 줄이 끊겼다. 눈물은 흘리지 않아도 좋다. 아무도 지켜줄 이 없는, 혼자 가는, 쓸쓸한 길이 될 것이다. 길동무라도 있을까? 그렇다면 노자라도 좀 있어야 하지 않을까?

그런데 오오! 신묘한 운명이여.

간호사가 들어간 다음 방은 산실이다. 가랑이를 한껏 벌린 여자, 이제 막 태어나려던 갓난아기를 받은 간호사의 손에 가락지가 보이지 않음이여! 너는 세찬 울음을 우는 몽고말의 울음처럼, 다시 거센 숨소리로 태어난다.

# 그물꼭지

어부가 길가에 서 있다.

고기는 안 잡고 왜 길가에 멍청하게 서 있을까? 언제나 타고 다니던 세 발 오토바이도 그 옆에 있다.

"오늘은 좀 건졌어요?"

"예…. 아니요."

그는 그냥 애매한 대답을 해놓고는 여전히 호수를 내려다본다.

어부는 난쟁이에다가 꼽추였다. 그런데도 이목구비가 뚜렷하니 잘생긴 얼굴이다. 어떤 때 가끔씩은 그의 고깃배를 얻어타고 붕어섬까지 가곤 했었다. 그래도 뱃삯은커녕 건네주는 음료수 병이나 과자봉지 같은 것도 받으려 하지 않았다.

호수가 나이를 먹어감에 따라 그의 이마에도 주름살이 생기는 듯했지만 아직 건강한 체구를 과시라도 하듯 그물을 치고 그물꽉지를 잡아당기곤 하는 모습을 가까이서 볼 수 있었다. 그물을 거둘 때마다 그는 큰 고기를 한가득 잡아 오토바이에 옮겨 싣고 읍내를 향했다. 읍내에 가면 고기를 갖다주는 단골 어물전이 있었다. 얼핏 들은 이야기로는 어물전 여자가 어부의 마누라라는 소문이었지만 확실한 건 알 수가 없다. 그는 호숫가 언덕에 자리잡은 오두막에 살았고 그 여자는 물 옆에는 얼씬도 하지 않아 그 어떤 낚시꾼도 어부의 집에서 그녀를 본 적은 없었다. 그런데도 낚시꾼들의 입소문에 의하면 그 여자는 난쟁이의 것이었다. 한번은 어물전 수족관이 다 날아갈 정도로 대판 싸우는 모습을 본 사람들이 있었다고 했다. 그때 여자의 입에서 '저런 것도 꼴에 서방이라고…' 하는 야유를 들은 사람이 있었고, '너 같은 화냥년을 믿었던 내가 어리석었지'라는 남자의 말을 들었다 했다. 여자가 어물전 한쪽 귀퉁이에 방을 넣어 어탕국수를 시작하고부터는 싸움이 더 잦아졌다고 한다.

'예… 아니오.'

예? 아니오가 아니라 분명히 예… 아니오였다. 처음에는 긍정이었고 나중에는 부정이었다. 그러면서 그는 평시와 달리 약간 초조한 모습으로 호수 한가운데를 응시했고(그때 그도 호수를 한 바퀴 눈으로 둘러보았는데 평소처럼 물 한가운데 그의 그물이 쳐져 있었고, 호안에 함지배가 매여 있었다) 한참을 그런 자세로 서 있다가 오토바이 시동을 걸어 그 자리를 떠났다.

낚시를 하면서도 길가에 서 있던 그 어부의 말대답이 자꾸 씹힌다. 뭔가 허둥대는 듯한 그의 행동거지와 애매한 웃음과 불분명한 대답이 머릿속을 떠나지 않아 헛챔질을 자꾸 해대게 만들었다.

언젠가 그가 그랬다.

"낚시가 재밌어요? 난 그런 걸로는 아무래도 성이 안 차요."

그물은 한번 쳐놓으면 고기를 떼거리로 잡을 수 있다는 거였다. 그런데 언제 올지도 모르는 고기를 기다리는 것이나, 십 년 얼뜨기로 한 마리씩 낚아올리는 일 같은 건 재미없다는 이야기였다. 몸은 비록 성찮지만 배포만큼은 크다는 것 같았다.

"낚시야 어디 꼭 고기를 잡아야 맛인가요? 세월 낚는 재미로 하는 거지요."

그는 그 말에 냉소를 지었다.

"우리는 성질이 급해서 그런지 몰라도 뭐든지 단번에 해치워야지…."

허실미실한 건 못 본다는 것이었다. 생긴 것하고는 전혀 다른 말들이었다.

그는 오늘 아침 한 일을 벌써 후회하면서도 어부가 한 말을 떠올리며 자신이 저질은 잘못에 대한 변명과 위안으로 삼는다.

"당신 같은 사람 이제 지겨워…."

눈 뜨자마자 들은 아내의 말이었다. '지겨워요'도 아니고 '지겨워'였다. 이 말 속에는 부부 간의 사랑이나 존경심 따위란 눈곱만큼도 포함돼 있지 않는, 철저한 무시 그 자체였다.

대체 내가 뭘 잘못했단 말인가? 그는 이불 속에 누워 잠시 생각했다. 밤새 원고 다듬느라고 조금 늦게까지 늦잠을 잔 것뿐이었다. 명예퇴직을 할 때만 해도, 아직 퇴직금이 남아 있을 때까지만 해도 아내의 반응은 이렇지 않았다. 어쩌다가 사기를 당해 퇴직금을 하루 아침에 날렸다. 그것도 사기를 친 사람이 남도 아닌 처남이었다. 당신의 동생이 한 짓거리다. 그렇다면 그 문제는 내 잘못이 아니질 않는가? 처음부터 동생의 사업에 돈을 대주잔 건 당신이 아니었든가 말이다.

"하대세월 그러고 있으면 누가 밥 먹여준대나?"

"…."

그는 겨우 청탁받은 번역 원고도 밀쳐둔 채 낚시가방을 둘러메고 집을 나올 수밖에 없었다. 이제 아내와 눈이 마주치는 것조차 겁난다.

"요즘은 저런 화상 잡아가는 물귀신도 없나?"

뒤꼭지에 쏘아대는 직격탄이었다. 차마 듣지 못할 소리였지만 그는 아무 말 없이 집을 빠져나왔다. 일단은 부딪치지 않는 게 상책이다.

그럴수록 그는 어부가 떠오른다. 직접 본 것은 아니었지만 본 사람들의 말에 의하면 분명히 난쟁이가 어물전 수족관을 박살내버렸다고 했다. 산 고기들이 길바닥에 펄떡펄떡 뛰는 것을 발길로 짓밟아버렸다 했다.

"어디서 그런 힘이 나왔을까요?"

그걸 본 사람들은 난쟁이의 무력을 이야기한 게 아니라 그 당당함을 전하는 데 중점을 두고 말했다. 마치 당연하다는 듯이 자기 재산을 자기 발로 짓이기며 힘과 권위를 과시하더란 것이다. 주변 상인들도 누구 하나 난쟁이의 기물파손에 거부감을 갖지 않았다고 한다. 그렇다면 그 여자가 남자 몰래 농탕을 쳤단 말인가? 별로 그래 보이지도 않았다는 것이다. 그렇다면 뭐야? 난쟁이의 행패에 그냥 박수를 보냈다는 건가? 별명이 심리학박사인 낚시친구는 이렇게 풀이했다.

"일종의 예방조처일지도 모르지."

그렇게 난동을 부려 주변에 자신의 위치를 과시해놓음으로써 영역표시를 한다는 것이었다. 일종의 자기방어 수단이다. 어쩌면 맞는 말일 수도 있다. 그래서 생긴 말이 '발발이가 더 왈왈거린다'는 속담이 생겼다고 했을 때 심리학자의 말은 완전히 확증을 받기까지 하였다.

그가 그런 큰소리를 칠 수 있는 것은 오로지 그의 능력 덕분이다. 난쟁이의 고기 잡는 솜씨가 없었더라면, 그리고 매일 팔 수 있는 싱싱한 물고기를 대주지 않는다면 여인은 생계가 어렵게 될 것이다. 여인은 난쟁이를 통해 먹이를 구한다. 난쟁이가 생계를 책임진다는 이야기겠다. 그게 바로 큰소리칠 수 있는 능력이다. 능력이 없으면 무시당하게 마련이다. 그런데 그거 하나만 갖고 큰소리칠 수 있을까? 사람은 밥으로만 사는 게 아니질 않는가? 남자나 여자나 식욕과 다를 바 없는 또 다른 욕심이란 것도 있다. 이 둘을 충족시켜주지 못한다면 큰소리칠 수 없다. 그런데 과연 그 난쟁이가 그 둘을 다 만족시켜줄 능력이 있을 것인가. 그렇지 않고서는 수족관을 뒤집어엎을 만큼 큰소리칠 수 없었을 것이다. 그 어느 한쪽이 모자랐어도 여인은 그에게 굴종하지 않았을 것이다.

그는 갑자기 엊저녁 번역하다가 접어두었던 부분을 떠올린다. 가장 오래 교미를 하는 동물은 버마재비라고 하였다. 교미 도중 암컷이 수컷을 잡아먹어버리니까 영원한 교미라는 약간 억지 섞인 논리의 비약 같은 것이 있었고, 그보다 인상에 남는 부분은 역시 사자 이야기였다. 수컷 사자는 제 새끼도 가차 없이 물어죽이는 포악성을 지니고 있는데 암컷을 두고 벌이는 세력다툼에서는 자식도 마찬가지로 제 아비를 대적해 물어죽인다 했다. 힘 있는 자만이 그 유전자를 남긴다. 그래서 사자는 백수의 왕좌를 지킨다. 그러면서 놀랄 만한 부분은 세상 모든 전쟁도 따지고 보면 이 영역다툼에 지나지 않는다는 견해였다. 그런데 동물의 세계에선 종족보전을 위해 싸운다지만 사람의 경우는 그것도 없이 살인도 서슴지 않는다는 것이었다. 좀 비약된 논리이긴 했지만 그 때문에 요즘 호랑이는 사람을 잡아먹지 않는다 했다. 맛이 없어서가 아니라 더러워서 안 먹는다는 것이었다.

"오늘은 일찍 나와 자리잡았구먼요?"

여기까지 곱씹고 있을 때 마침 심리학박사가 나타난다.

"예. 어서 오세요."

"이 호수 없었으면 어쩔 뻔했누?"

그래도 집 가까이 소일할 낚시터가 있다는 게 큰 복이라는 이야기였다. 그는 문득 박사가 펴드는 낚싯대를 본다. 죽 뽑아서 던지는 게 얼른 보아 요즘 새로 개발되었다는 신소재 네 칸 대인 듯싶다. 저렇게 낭창거려야 큰 고기가 물어도 끄떡없지. 그는 자신의 색바랜 세 칸 대 끝을 바라보며 이번 원고료 들어오면 낚시채비를 갈아야 한다고 생각한다. 이게 언젯적 하다가 던져둔 낚시도구들인가?

"오늘은 좀 낚아야 되는데…."

박사는 오늘은 꼭 고기를 낚아야 된다고 되뇐다.

"왜요?"

"뭘 모르고 계시누마? 소식이 통 깜깜이셔…."

어물전 수족관이 또 박살이 나서 오늘은 사갈 고기가 없다는 이야기였다. 그 전에는 고기를 사가서 낚은 고기라고 아내를 잘도 속여 용돈도 타 나오고 했는데 오늘은 그럴 수가 없으니 한 마리라도 잡아가야지 별 수 있겠느냔 것이다.

"그렇게 아내를 속여왔어요?"

"어허, 이 선생…."

여태껏 살고도 그걸 몰랐냐는 이야기다. 여자란 자고로 알고도 속고 모르고도 속고…. 속으면서도 무언가 가져다주는 남자를 좋아한다고 한다.

"그래서 여자는 갈대라는 거 아니오? 허허…."

의지가지 오갈 데 없는 노인네들답지 않게 낚시터는 오순도순하다. 박사가 아내가 싸주었다는 김밥을 내놓는다. 싸늘하게 식은 것으로 보아 벌써 어딘가에 들러 시간을 보내고 온 게 분명하다.

"아까 말이지요…."

그러고 보니 아까 어부가 오토바이를 세워놓고 멍하니 서 있던 게 누군가를 기다리고 있었던 게 아닌가 하는 생각이 들어 이야기를 꺼내다가 혹시 잘못 짚은 게 아닐까 하여 말머리를 도로 집어넣으려는데 박사가 놓치지 않고 그 말꼬리를 물고 늘어진다.

"그 자가 여길 왔던가요?"

"그 자라니요?"

"난쟁이…. 아니 그 어부 말이요. 그 자가 여기 왔었어요?"

그는 이제 무언가 한 가닥 소설이 엮어진다는 느낌으로 약간 심술궂게 거짓말 섞어가며 이렇게 말한다.

"뭔가 잔뜩 돋쳐 기다리는 눈치던데…. 그게 김 박사였나 보네?"

"그놈이 미쳤지…. 참…."

"…."

"그놈이 날 의심을 해요. 제 마누라하고…."

인생이 불쌍해 한 마리라도 팔아주려고 낚시 나올 때마다 고기를 사갈 뿐인데 그런단다.

"그래도 뭔가 빌미잡힐 짓을 하신 게로구먼요?"

"이 나이에 하면 뭘 하겠어요?"

그러면서도 그는 허허 웃으며, '하기야 새벽같이 나와 이제 물가에 온 걸 보면 나도 미쳐도 단단히 미쳤지' 하며, 호기를 부린다. 새벽녘에 그 집엘 들렀다는 이야기이다.

"발길이 저절로 가는 걸 어떡합니까?"

"그 집 해장국수 일품이던데?"

"가면 국수만 먹소?"

그는 구체적인 언급은 회피했지만 은연중에 모종의 '섬씽'이 있었음을 시사하였다. 그게 은근히 자랑스럽기까지 한 모양이다. 그 여자 겉보기와는 다른 네가 있단다. 상당한 학식도 있고, 무엇보다도 명기의 소유자란다. 그러면서 그는 난쟁이가 수족관을 깨부수는 행동이나, 헛소문을 내어 염문을 뿌리는 거나 그게 다 짐승들이 하는 영역표시라는 약간 현학적이고 철학적인 이야기를 끄집어낸다.

"그게 다 자기 확인이라는 겁니다."

살아 있다는 확신을 갖기 위해 사람들은 엉뚱한 짓을 서슴지 않는다. 특히 힘이 없는 사람들이 저지르는 어리석은 자기표현 방법이 바로 폭력과 유언비어란다.

"유언비어는 당사자인 자기 입을 통해 유포되는 겁니다.

일종의 자기환상이지요. 자기도취입니다."

"…."

"자기 외에 남을 전혀 생각지 않는다는 독선에서는 공통점이 좀 있긴 하지만 폭력과 유언비어는 근본적으로 차이가 있습니다."

유언비어는 어떤 목적이 있지만 폭력은 무목적적인 화풀이라는 것이다. 따라서 유언비어를 유포하는 사람은 지능적이지만 폭력을 휘두르는 사람은 그렇지 못하단다.

"낚시터 철학치고는 꽤나 고상하네요."

언제 왔는지 자칭 논리학자가 끼어들었다. 그는 낚시가방에서 파라솔을 꺼내 그 기둥을 땅에 박아 세우곤 그늘막을 의지해 의자를 펼쳐놓는다. 그 의자등받이가 어찌나 높은지 뒤에서 보면 사람은 안 보이고 의자만 보이는 그런 구조였다. 게다가 한쪽 옆으로 비스듬히 눕혀 세운 일산 때문에 사람은 보이지 않고 장화만 보인다. 언제나 옆 사람이 있는 쪽으로 빛가리개를 치기 때문에 마치 일부러 차일을 두른 듯한 속에 들앉아 숨어버리려는 사람 같다. 그렇지만 사람을 안 보고 목소리만 들어도 알 수 있는 사이들이다.

셋이 모이면 삼총사가 된다. 언제나 같은 자리에 모이는 낚시꾼들이다. 낚시꾼이라기보다는 도망자들이다. 누구로부터 도망을 나오는지 알 수 없는 현실도피자들이다. 서로 생각도 다르고 차림새도 각각이다. 공통점이 있다면 셋 다

이전엔 교장선생님들이었지만 지금은 '방콕사장님'들이라는 점이다. 게다가 한결같이 퇴직금들을 한방에 날려버린 수난의 개인사를 짊어진 사람들이다. 그리고 마누라들에게 쫓겨난 사람들이다. 누가 쫓아냈다기보다는 자기 스스로가 스스로들을 쫓겨났다고 생각하는 피해망상증에 걸린 사람들이다.

"오늘은 지각이구먼요?"

"예. 굿 좀 보고 오느라 좀 늦었어요."

"굿이라니?"

"그 난쟁이 어부 말이요…."

어물전을 난장판으로 만들어놓고 자기 오토바이에 불을 질렀지 뭐요? 이제 다시는 고길 안 잡는다는구마? 기껏 고기 잡아 돈 벌게 해줘놓으니 한눈판다는구마…. 헛 그 참…. 여편네가 반반한 게 붕어나 팔 인물이 아니라 생각했더니만…. 기어코 일 저질렀어요. 시장이 홀라당 타버렸단다.

"시장 바닥이 온통 불바다가 돼 소방수와 경찰이 출동했어요."

"기어코 그 작자가 큰일 한번 저질었구만?"

"그러게 말에요…. 그런데 그 작자만 욕할 일이 아닌 듯해요. 여자가 그 짓거리하려고 아예 해장국집 차려 이십사 시 영업을 시작했다는 거예요."

입질 하나 없는 수면에 자르르 한 자락 바람이 흘러간다.

그 미풍이 가슴속을 불어 지나간다. 한때는 청춘과 욕망이 들끓었던 사람들이다. 여자 이야기만 나오면 아직도 가슴 저 밑바닥이 울렁거린다.

"굿났겠네?"

"굿나다 뿐이겠습니까? 난쟁이가 몰카를 설치해놨다지 뭡니까?"

"몰카라니?"

난쟁이는 아내의 간통 증거를 잡기 위해 몰래카메라를 설치해뒀는데 그게 누군지 딱 걸렸다는 이야기다.

"아주 작정을 했어요."

난쟁이는 어물전 여편네에게 드나드는 남자가 누구인지 잡으려 아주 작정을 하고 증거 확보에 나섰다는 이야기다.

"그런데 그걸 끝까지 안 내놓고 있다는 거예요…."

논리학자는 낚싯대를 펴는 대신 이야기만 한 가득 펼쳐 놓는다.

심리학자가 당황한다.

"누가 그 테이프를 가지고 있는데?"

"누구긴 누구겠어요? 그 난쟁이겠지."

"그걸 안 내놓을 이유가 뭔데?"

도통 종잡을 수 없는 일이 벌어져 어물전 앞이 온통 난리 법구통이라는 이야기다. 소방차가 오고 경찰이 왔으니 조만간 사건의 전말이 밝혀질 거라는 논리학자의 말에 심리학자가 항의조로 묻는다.

"간통죄 그거 폐지 안 됐나? 그리고 그거 몰카 같은 불법 증거물은 증거물로 채택도 안 되잖아?"

논리학자가 어느 나라에선가는 실오라기로 남녀의 사이를 갈라서 실이 무사히 빠져나오지 못하면 그때서야 비로소 간통죄로 인정한다는 실례를 든다. 그런 현장을 잡기란 불가능한 일이니까 아예 간통죄로 유죄판결을 받는 일이란 게 있을 수가 없다는 논리도 편다.

"난쟁이가 그걸 공개할 의무가 있는 건가?"

"의무야 없지. 그거하고 불낸 거하곤 별개 문제니까."

그는 두 사람 이야길 들으며 미끼를 갈아끼운다. 고기가 물지 않을수록 낚싯밥을 자주 갈아줘야 한다. 고기도 먹을 게 있어야 다가오지. 여자를 낚는 일도 마찬가지다. 고기 잡는 열 배 이상 정성을 쏟아야 한다. 하물며 사랑을 나눌 여자를 붙잡는 일에 있어서야. 천 배 만 배 고심을 해야 한다. 낚시고기야 한번 건져올려 살림망 속에 넣어버리면 그만이지만 여자는 그것도 아니다. 한번 붙잡았다 해서 그걸로 끝나버리는 것이 아니다. 붙잡아둔 뒤의 간수할 일이 더 크다.

'나를 어항 속에 가두려들지 말아요.'

그는 잡았다가 놓쳐버린 고기를 생각한다. 한번 자유롭던 고기는 갇히기를 싫어한다. 갈아주는 물이나 넣어주는 먹이만으론 만족하지 않는다. 머리를 짓찧어 어항을 깨지 못하면 튕겨나와 마룻바닥에 뒹굴다 죽을지언정 그 속에 안주하지 못한다.

언젠가 TV에서 본 날치란 고기는 백 미터를 날아갔고 아마존 강의 어떤 물고기는 수면 위로 솟구쳐 나무 위에 앉은 벌레들을 서슴없이 잡아먹었다. 그게 제 죽는 짓인 줄 알면서도 본성을 버릴 수 없는 게 저들의 생리다. 날고뛰기를 좋아했던 전처는 누군가를 달고 그렇게 날아갔다. 지금의 아내는 중늙은이 혼자 끓여먹고 살 수 없다는 자식들 권유에 못이겨 맞이한 여자다. 그런데 이 여자는 이제 빈털터리가 된 허수아비하고는 살 수 없노라고 집 팔아내라고 엄포다.

'그래, 집을 팔아주면 그만이지….'

가지고 속 끓이는 것보단 차라리 빈손으로 맘 편한 게 낫지 싶다.

그는 강태공의 빈 낚시를 생각하다가 한시의 한 구절을 한 수 읊는다. 千尺絲綸直下垂하니 一波自動萬波動인데 夜靜水寒魚不食하고 滿船空載月明歸라…. 천척이나 되는 깊은 물에 낚싯줄을 던지니 물결은 일파만파 동그라미를 그려나가는데 밤은 고요해 고기는 물지 아니하고 달빛만 가득 싣고 돌아오도다…. 공수래공수거다. 인생은 어차피 빈손으로 왔다가 또 그렇게 가는 것이다.

차라리 저렇게 바람이나 한번 피워보고 시달렸으면 좋겠다 싶은 그는 입질 없는 낚싯대를 들어 다시 지렁이를 갈

아끼우고 이번에는 포인트를 바꿔 난쟁이의 정치망 부표를 어림잡아 낚시를 던져넣는다. 같은 자리인데 찌가 폭 잠긴다. 설마하니 던지자마자 고기가 물고 들어간 것은 아닐게다. 일파자동만파동이라 할 것까지는 없지만 물 동그라미가 퍼져나가는 그 끝으로 물잠자리 한 마리가 날아드는 것이 보인다. 저 놈이 낚싯대 끝에 앉으면 끝대보기를 할 수 있을 텐데….

낚시꾼은 찌를 보고 챔질을 하지만 때로는 낚싯대 끝의 움직임을 볼 때도 있다. 낚시는 잘 들어갔는데 수심이 맞지 않아 찌 끝이 잠겼을 때다. 그럴 때 다시 낚시를 꺼내 던지자면 낚싯밥이 떨어지기 십상이라 다시 미끼를 달아야 하는 번거로움이 있다. 때문에 낚시를 던진 그대로 두고 끝대보기를 한다. 그러한 때 대 끝에 물잠자리 같은 게 앉으면 보기가 선명해진다.

"이호!"

그런데 이게 웬일인가? 낚싯대 끝이 잠겨 들어갈 정도로 물속으로 빨려든다. 챔질의 적기는 찌가 올라올 때나 내려갈 때다. 순간 낚싯대를 잡고 손목을 바로세운 그는 직감적으로 큰 게 걸렸다는 느낌을 받는다. 이건 아무래도 월척이다. 묵중한 느낌이 그걸 말해준다.

"걸렸어요?"

"걸렸어. 아무래도 뜰채가 있어야 될 것 같아요."

"뜰채? 그렇게 씩이나?"

심리학자가 뜰채를 조립하는 동안 그는 조심조심 낚싯대를 치켜세운다. 어느 정도 각이 이루어져야 끌어당길 수가 있다. 이 정도의 무게와 힘이라면 신중을 기하지 않을 수 없는 일이다. 아직 한번도 느껴보지 못했던 끌힘이 느껴진다. 대체 이놈의 정체가 뭘까? 파닥거리지 않는 것으로 보아 점잖은 놈임에는 분명한데 그 종류를 분간할 수가 없다. 붕어 같으면 옆이나 뒤로 돌아서 정면으로 끌고 나갈 것인데 그것도 아닌 것 같고 메기의 너울거림도 아닌 것 같다. 그렇다고 가물치나 잉어의 그 뚝심도 아니다. 그냥 빽빽하기만 한 이놈의 정체가 도대체 뭐란 말인가.

낚싯대가 활처럼 휜 것을 본 논리학자도 펴던 낚싯대를 접어두고 슬그머니 곁에 와 섰다. 낚싯대를 들어올릴수록 그 휨새가 활처럼 점점 더 굽어지고 있다.

"월척이다. 월척이야…. 저 휘임새 좀 보라구…."

그는 한쪽 무릎을 약간 구부려 거기 낚싯대 손잡이를 올려놓고 버팅기기를 계속 한다. 바다낚시를 할 때나 하는 자세다. 민물고기가 이렇게 힘센 놈이 있을 리가 만무하다. 그런데도 그런 자세를 취하지 않고는 안 될 정도로 놈의 힘이 막강하다. 그런데 아무래도 이상하다. 이놈은 지그시 물고만 있을 뿐이지 도시 반응이 없다. 고기는 일단 낚이면 바늘털이를 하려 몸부림을 친다. 그때부터 낚시꾼과 고기의 싸움이 시작된다. 그 재미로 낚시를 하는 것인데 이놈은 도대체가 무반응이다.

"혹시 그 풀뿌리를 낚은 거 아냐?"

"그런 건 아닌 것 같아."

"그럼 힘껏 채요."

이놈의 낚싯대, 부러지면 부러지라지 뭐…. 그는 맘껏 낚싯대를 끌어당긴다. 그 바람에 흙탕물이 왈칵 치솟으며 무수한 기포를 뿜어올리는 것이, 무언가 검은 물체를 수면 위로 떠올린다.

"아니, 저게 뭐야?"

일단 물 위로 떠오른 물체는 팽팽하게 휘어진 낚싯대를 따라 서서히 당겨져 나오고 있었는데 무슨 비닐 포대기 같은 것이었다.

"이거 알 수 없는 물건이네…."

심리학자가 뜰채를 제자리로 갖다놓고는 긴 받침대를 들고 와 비밀스런 물체를 끌어올리는 걸 돕는다. 바로 발밑까지 끌려나온 물체덩어리는 무슨 보물이라도 싸듯 비닐로 포장을 했는데 파란 테이프를 가지고 단단히 묶었다.

"뭐 이렇게 단단히 묶어놨지?"

비닐로 포장된 물건은 사방에서 흙탕물을 질질 흘리며 이들 앞에 올려져 그 속 내용이 무언지 궁금증을 불러일으키고 있다.

"아무래도 이건…."

논리학자가 뜻밖의 이견을 제출한다. 아무래도 이게 영화에서 본 마약이나 밀수품 같다는 이야기다.

"여기가 어디 바단가?"

"아냐, 그래도 이거 풀어봐서는 안 될 물건인 것 같아."

논리학자는 판도라의 상자를 앞에 놓은 것 같다며 우선 담배나 한 대 피운 후에 뜯어볼 것인지 그냥 버릴 것인지를 결정하자고 한다.

"옛날에 금 달걀을 발견한 신라 경주 사람들이 이랬을까?"

심리학자가 알에서 깨어난 박혁거세 이야기를 하자 자연스럽게 가야국 수로왕 이야기며 부여 금개구리왕 이야기까지 나오고 여러 탄생설화가 나온다. 왕년의 학교 선생님들답게 이야기는 돌고 돌아 다시 판도라의 상자에까지 되돌아왔다. 이게 만약 좋지 않은 물건이라면 어떻게 할 것인가? 그냥 던져버리자는 의견들이다. 예컨대 이 속에 갓난아기의 사체가 유기돼 있든지 사람의 팔다리 같은 것이 들어 있다면 어떻게 할 것인가 말이다.

"우선 이 포장으로 봐서 누군가가 일부러 싼 것임에는 틀림없습니다. 그렇지요?"

논리학자의 논리적인 셈법이다. 누군가가 일부러 싼 포장임에 틀림없고 보면 쓸데없는 물건은 아니다. 그렇지만 물속에 버려진 걸 보면 쓸데없는 물건이다. 버리지 않고 어쩌다가 잃어버린 물건이라면 쓸모가 있는 물건이다.

"그게 뭐야? 아무 논리도 없는 논리잖아?"

"그게 왜 논리가 없는 논리야?"

논리정연한 논리란다. 어쨌거나 이 물건은 임자가 없고 사람을 궁금하게 하니까 일단은 내용물을 확인한 다음 버려도 늦지 않다는 논리학자의 말이다.

"아까완 왜 생각이 달라졌어?"

"그야 논리적으로 따져보면 알 일이잖아? 이 물건은 우리가 건져올렸고 그 내용이 뭔지 아는 것은 당연한 권리이자 의무이고 책임이고도 하잖아…."

막상 비밀스런 물건을 건져올린 그는 아무 말이 없다. 이게 만약에 쓸모가 있는 귀중품이라면 자기에게 얼마만큼의 분배가 돌아올 것인지, 전부를 소유할 수 있는 소유권이 있을 것인지 아닌지를 먼저 가늠해본다. 반대로 이게 아무짝에도 쓸모없는 물건이라면, 나아가서 이게 위험스런 물건이라면 그 책임을 누가 떠안아야 할 것이지 생각해본다.

"좌우당간…."

사람 궁금증은 풀고 볼 일로 의견이 모아졌다.

심리학자가 다용도 칼을 꺼내 포장을 뜯어낸다. 겹겹이 쌓인 비닐 포장을 벗겨내자 가장 안쪽에는 애기들 배내옷이나 만드는 보드라운 천이 덮여 있다. 안에 든 물건도 통통

하니 살진 애기 모습 그대로다. 거기에다가 핏빛이 묻어나 있었다. 천을 벗겨보나마나 그 안에 든 게 뭔지 알겠다.

순간 세 사람은 말문이 막혔다.

도대체 누가 이런 곳에다가 이 짓을 했단 말인가? 크기로 봐선 갓난쟁이 아기가 틀림없다. 사산된 태아이거나 몰래 낳아버린 영아일 수도 있다.

"신고해야 하지 않을까?"

어쨌거나 이런 걸 본 이상 그냥 둘 순 없는 일 아닌가? 세 사람은 서로의 얼굴을 빤히 쳐다본다. 한사코 이걸 확인해 봐야 직성이 풀리겠다던 논리학자와 심리학자는 저만큼 뒷전이고 이걸 건져올린 죄로 그가 핸드폰을 꺼내들었다.

"낚싯대도 그대로 둬야 할까요?"

"그럼요, 그럼요…."

그래야 경찰이 왔을 때 우리가 뭣하고 있었는지 확실히 증명이 된다는 논리학자다. 이제부터 두 사람은 증인이고 그가 주범 역할을 맡게 되었다.

세 사람은 일단 낚시바늘을 거둬놓고 경찰이 올 때까지 기다리기로 한다. 재수가 더럽게도 없는 날이다. 재수가 없는 정도가 아니라 오라가라 성가신 일을 뒤집어쓸 수도 있을 일이다. 세 사람 모두 기분이 영 말이 아니다.

"우리 이러고 있을 게 아니라 저 위에 주막에 가서 뭐나 한잔하면서 기다립시다."

마침 낚시꾼들을 붙잡기 위한 주막이 하나 생겼다. 말이 주막이지 마당귀에 내려앉은 느티나무 그늘을 의지해 펴놓은 평상에서 음료수 몇 병, 라면 봉지 몇 개를 파는 할머니가 주모다. 진열장이 따로 있는 게 아니라 방안에 낚시꾼들이 찾는 필수품 몇 가지를 갖다놨다. 가끔씩 찾는 사람들이 있어 약주를 담아두어 주막이라 불리지만 소금안주밖에 없는 집이다.

"연변에서 백두산 가는 길목 가게들이 전부 이런 식이두마?"

"그렇지요? 거기서 산삼뿌리 안 사먹었어요?"

산삼을 사가지고 오려다가 공항 반입이 안 된다는 가이드 말에 호텔 화장실에서 물 끓여 삶아먹었다는 이야기다. 벌써 몇 번째 들은 이야기인지 모른다.

약주를 한 되 시켰다.

"더운데 이거 마셔도 괜찮을라나?"

"한 잔인데 뭐 어떨라구요?"

"속이 견뎌낼까 해서…."

"아 참, 그렇지? 박 선생 수술한 지 얼마 안 되지…."

"심장이라며? 그러면 한 잔은 괜찮아."

세 사람은 아무 걱정할 것 없다며 약주를 한 잔씩 한다. 공복에 마신 낮술이 사람을 취하게 만드는지 하릴없이 울어대는 매미소리가 취하게 만드는지 잔을 비우고 나자 졸음이 살포시 밀려든다. 세 사람은 누가 먼저랄 것도 없이 하품을 늘어지게 하고는 평상 위에 드러눕는다.

그들은 꿈속에선가 깨어난 다음 들은 경찰차의 사이렌 소리에선가 뒤섞여 나오는 낯선 금속성 소리에 눈을 떴다.

금방 누운 것 같았는데 반 시간도 더 잔 모양이다.

"경찰차가 이렇게 늦게 와도 되는 거야?"

논리학자가 갑자기 경찰의 출동 시간을 따진다.

"신고받고 곧바로 오는 길입니다."

"곧바로라니? 지금이 몇 신데?"

심리학자도 한마디 거든다.

"딴 데 또 출동할 일이 있어서요…. 그런데 사체는 어디 있어요?"

경찰은 아직 앳돼보이는 얼굴이었지만 늑장 출동에는 아랑곳없고 혹시나 술 취한 영감들이 허위신고를 하지나 않았나, 따지려 든다.

"할아버지들이 신고하신 건 맞죠?"

심리학자는 할아버지라는 말이 신경에 거슬리는 모양이다. 아직도 교장선생님이라는 말을 듣고 싶다.

사체 발견이라는 말에 경찰들은 들것을 챙긴다.

"얼른 따라오기나 해. 그런 건 필요 없다구."

"왜요? 사체가 있다면서요…."

경찰은 혹시나 술 취한 할아버지들이 거짓 신고를 한 게 아닌가? 반신반의하며 들것을 놓아둔 채로 뒤따른다.

"이거라네…."

심리학자가 낚싯대 사이에 놓인 비닐뭉치를 손가락으로 가리킨다.

경찰들도 선뜻 다가서기 싫은 듯 주춤거리더니 큰맘을 먹은 모양으로 뜸다가 둔 비닐뭉치 옆으로 다가간다.

"여기 무슨 사체가 있어요?"

경찰은 비닐뭉치가 작아 그 속에는 도저히 시체가 들어가 있을 만한 부피가 못 된다 생각하는 모양이다.

"안을 들춰봐."

경찰이 장갑을 끼고 비닐뭉치를 열어본다. 그리고는 가제 천으로 덮인 그 속을 헤집어본다. 천은 또 한 겹 더 싸여 있다. 천을 벗겨내던 경찰이 갑자기 조사를 중단하고,

"에이 할아버지들도…. 사람 놀려요?'

하고 몸을 일으킨다. 여기에 무슨 애기 사체가 있느냔 것이다.

"아까는 난쟁이가 애를 먹이더니…."

세 사람은 경찰이 허적거려놓은 마지막 포장 속의 것을 확인하기 위해 동시에 고개를 쳐박고 들여다본다. 천으로 싼 안에 또 천이 싸여 있고 그 속에 또 싸여 들어 있는 것은 아이가 아니라 죽은 개다.

"개를 수장시키는 놈도 다 있나? 개가 물을 얼마나 싫어

하는데….”

“개새끼….”

애완견이 죽자 아까워서 저렇게 염까지 해 수장을 시킨 모양이라, 경찰들은 낚시꾼들이 그런 줄 알면서도 장난 신고를 할 그런 나이가 아님을 감안해서 그냥 돌아가준다는 듯 시큰둥하니 인사도 없이 현장을 떠나간다.

“쟤들은 우리가 장난친 줄로 알고 있나본데?”

“그렇다고 이걸 끌어 묻지도 않고 그냥 가? 개새끼들….”

세 사람은 천으로 고이 감싸놓은 강아지를 다시 들여다보다가 묻어주기로 한다. 죽은 지 얼마 되지 않은 강아지 같다. 아직도 경직이 오지 않은 상태인 걸 보니 산 채로 묶어 질식해버린 것인지도 모르겠다.

“이거…. 누구네 집 강아지인지 내 금방 알겠어.”

논리학자는 사체와 함께 또 다른 비닐봉지 속에 들어 있는 테이프 하나를 찾아 꺼내들고는 자신의 추리력이 얼마나 근거 있는 말인지를 증명해보이려 한다.

“이거 재생시켜보면 금방 알아요. 이거 난쟁이가 한 짓이야.”

난쟁이가 왜 아침부터 멍하게 호수를 내려다보고 있었는지 이제야 알 것 같다. 그렇지만 그렇다고 마누라를 패고 불을 지르고 했다는 데 대해서는 도대체가 알 수가 없는 일이다.

그러나 심리학자는 난쟁이가 왜 애완견을 여기까지 싣고 와서 수장시켰는지 알 것 같다고 한다. 이런 걸 두고 일종의 보상심리라는 것이다. 이것도 일종의 난쟁이식 영역표시로 봐 옳을까.

"그런데 테이프는 왜 함께 묻었지?"

"뻔하잖아, 거기 찍힌 게 곱사등이밖에 더 있었겠어?"

오늘은 글렀다며 모두들 채비를 거둔다.

그는 애써 그 속에 난쟁이의 곱사등이밖에 안 찍혀 있을 거란 소리를 거듭하는 심리학자의 손이 유난히 빨리 움직이는 것을 본다.

어디선가 난쟁이의 오토바이 소리가 들리는 듯하다. 세 사람은 낚싯대를 서둘러 접어넣는다. 누가 그 명기의 탄주 소리를 듣고 싶어하지 않았던 사람이 있을 것인가. 난쟁이가 그물꼭지를 끌어올린다면 아무도 그 그물망에서 자유로울 수 없을 것이기 때문이다.

# 나무귀신은 살아 있다

— 어느 전업 작가의 생존기

## 1 나이테는 둥글다

식목일인데 나무를 베었다.

"그 배나무 아버님이 심은 거라며 왜 베어요?"

"죽은 것 같아."

그는 설명을 한다. 과실나무는 관리를 잘 안 하면 죽는다. 창문을 통해 바라보면 마주 보이는 나무인데 시들어가는 모습이 보기 싫어 그 자리에 다른 나무를 옮겨 심을 거란 이야기이다.

"작년에 이쁜 새 왔던 나무잖아요."

"…."

그는 작년의 이쁜 새를 기억해낸다. 생전 처음 보는 새가 둥지를 틀고 알을 낳아 새끼들을 부화했다. 흡사 동리 선생의 작품에 나오는 '저승새'를 연상시키게 하는 새였다.

조류도감을 펼쳐놓고 새 이름을 알아내기까지 했다.

물까치였다. 꼬리를 합쳐 전체 길이가 한 자나 되었고 몸집이 날렵하기 그지없었다. 무리를 지어 주변 산을 맴돌던 떼거리 중 한 가족이 배나무 위에 둥지를 틀었다. 이름은 물까치인데 왜 산에 와서 집을 짓는지 알 수 없다고들 했지만 어쨌거나 신비하고 경사스러운 일이었다.

그런데 새 새끼들이 날갯짓을 하기 시작하고 비상연습을 할 무렵부터 배나무의 한쪽 가지가 서서히 말라가는 것이었다. 새들과 무슨 관련이 있나?

과수원을 정리하고 나무들을 다 베어내며 몇 그루 정원수 삼아 남겨둔 나무인데 그조차 손을 안 봐 다 죽고 마지막 한 그루 남은 배나무다. 이 나무는 그래도 문전에 있는 덕분으로 눈길을 자주 주었는데 이제 두 팔만 벌리고 있는 고목이 되었다. 그렇지만 그런대로 정원수로선 노 거목의 자태를 뽐내어 봐줄 만했다. 작년까지만 해도 하얀 배꽃을 피웠고 따먹진 못했지만 열매도 맺었다.

겨울을 지나면서 밑동의 껍질이 갈라져 터지는 수피균열을 보여 날씨가 추워서 저러나 했지만 해동하면서부터는 아예 그 겉껍질이 벗겨져 일어났다. 껍질을 벗겨보니 속살이 시커멓게 썩어 있었다. 이미 수피와 목질부 사이가 떠 있었던 것이다.

'이 정도 되면 더 고생시키지 말고 베어버려야 해.'

그는 혼자 중얼거리며 전기톱으로 배나무를 베어내었다. 그리고 베어낸 밑동을 다시 옮기기 좋게 토막을 내고 가지들을 낫으로 자른다.

'아니, 이게 살았잖아?'

그는 일손을 멈추고 작년에 새로 자란 도장지를 하나 꺾어본다. 나뭇가지가 딱! 하고 부러지지 않고 진득하니 휘어지며 겉껍질 속으로 파르스름한 속살이 보였고 아직 물기가 남아 있는 것이 느껴진다. 뿐만이 아니다. 가지 마디에서 볼록볼록 튀어오른 꽃눈도 보인다. 아버지는 배꽃의 만개

일을 4·19 날이라고 했다. 이 무렵 된서리가 내리는 때가 있어 배를 재배하기에는 적지가 아니라고도 했다.

베어낸 밑동을 본다. 아직 한쪽 껍질은 촉촉한 수액이 남아 있는 부분이 있다.

그는 아직 완전히 다 죽지 않은 생나무를 베어버렸다는 생각을 떨쳐버릴 수가 없어 혼자 합리화시키고 변명도 해본다.

'소나무를 캐다 심지 뭐.'

그러면서도 살아 있는 나무를 베었다는 자책감을 떨쳐버릴 수가 없다.

"뭐해요? 얼른 하고 아침 먹어요."

그는 아내가 '밥 먹어라' 채근질을 할 때까지 멍청하게 베어 넘긴 나무를 들여다보고 있었다. 오래된 배나무 등걸은 그 겉껍질의 툭툭 불거진 무늬가 인고의 세월을 느끼게 한다.

다시 허리를 굽혀 베어낸 나무 밑동의 나이테를 살펴본다. 촘촘하게 들어차 있는 나이테 위에 톱밥이 한 줌 얹혀 있다. 장갑을 벗어 톱밥을 쓸어낸다. 그리고 톱날과 목질부가 마찰을 하면서 일으킨 열상을 본다. 잘려나가지 않으려고 몸부림을 친 흔적 같다는 생각이 든다.

또 다시 아직 살아 있는 나무를 베었다는 자책감이 엄습한다.

나이테의 한가운데 목질부가 파상적으로 썩어 있는 것이 눈에 띈다. 마치 좀이 슬어 좀가루가 쌓여 있는 것 같다. 그러니 속으로부터 병이 들어 썩어가고 있었음이 분명하다. 그런데도 그걸 알아채지 못했다. 그저 관리 소홀로 시들거니 그렇게만 생각해왔다. 저 촘촘한 나이테만큼이나 세월의 더께를 껴안고 살아온 나무인데….

그는 이상한 경이감에 사로잡혀 좀가루 같은 목질을 퍼내어 손가락으로 문질러본다. 화장장에서 타다만 인골을 빻아 가루로 만들 때의 그 녹녹한 촉감 같다. 이 나무를 심은 아버지는 그렇게 한 줌 가루로 자유를 찾았다.

## 2 생존하는 것은 사라져가는 과정이다

'이마무라'는 달고 시원하다.

그렇지만 만삼길은 당도는 적고 물기가 많다. 둘 다 만생종 저장용 배다. 과실은 첨원형 담황갈색으로 얼른 생김새만 보고는 이마무라인지 만삼길인지 구분이 안 갈 정도다.

이마무라는 한자로 '신고'라고 쓰는 일본 말이다. 일본의 국지추음이란 사람이 천노촌과 금촌추라는 배를 교배시켜 육성한 1929년의 신개발품종인데 우리나라엔 1930년에 도입돼 재배되었다. 만삼길 역시 비슷한 시기와 경로를 통해 들어왔다. 그런데 이마무라는 신고라는 한자로 표기된 음 대신에 일본식 표음인 이마무라로 부르는 데 비해 만삼길은 한자의 한글 음 그대로 '만삼길'을 사용한다.

말이란 이렇듯 제 편리한 대로 통용된다. 무슨 법칙이 있어서 그런 게 아니다.

그렇다면 야마모토山本란 어떤가? 누나의 어릴 때 성은 야마모토, 이름은 에이코인 야마모토 에이코였다. 형은 타로오였다던가? 그에게는 그런 이름이 없다. 이름을 짓기도 전에 해방이 되었고 창씨개명 같은 건 필요 없게 되었기 때문이다.

이 배나무는 그러니까 타로오가 출생했을 무렵 심었다. 아버지는 에이코를 낳을 무렵 이 땅을 샀고 부지런히 개간을 했다. 산을 개간해 과수원을 만드는 일은 당시로선 획기적인 일이었다. 논농사나 밭농사에만 의존하던 사람들로선 꿈도 꾸지 못할 농사였다. 일본인들이 들어와서 하던 과수원을 따라서 한다는 것은 모험심이 없이는 할 수 없는 일이었다.

아버지는 젊어 한때 일본 아오모리 지방에 농촌실습을 다녀온 적이 있었다고 했다. 거기서 농사기술을 배워왔다. 때문에 하나의 배나무에 이마무라와 만삼길을 접붙여 한 나무에서 두 가지 맛의 배를 따먹게 하기도 했다.

"널 낳고 장난삼아 그렇게 했지."

병든 한쪽 가지를 잘라낼 때 어머니가 하던 말이다. 남매를 낳고 몇 년이나 지나 다시 애를 가지리라곤 상상도 못했었는데 우연하게 생긴 늦둥이라 귀염을 독차지했다고 한다. 아버지는 그때 딴 여자한테 정신이 팔려 있었다고 했다.

이 나무가 바로 그 나무다. 한 나무에서 두 가지 다른 맛을 내던 배나무. 이마무라 가지가 먼저 베어져 수형이 잡히지 않았었는데 이제 이마저도 베어버린다. 이걸로 큰골농원은 그 종지부를 찍는 셈이다.

그가 어렸을 때 과수원은 주로 배나무들이었지만 수밀도나 백도 같은 복숭아나무도 있었고 사과나무도 몇 그루 있었다. 제사상에 올릴 제수품들을 골고루 갖춰야 상품이 되었기 때문이었다. 한 고을에 한 둘밖에 없는 과수원들이 시장 전체의 제수품을 책임져야 하던 시절의 이야기다.

한국전쟁이 났을 무렵 나무들은 신성 기를 맞았다.

'그해 따라 농사가 어떻게 잘 되었는지 복숭아가 물러터졌어….'

그런데 온통 피난가느라 따먹을 사람이 없었다.

'추석이라고 돌아와보니까 과일이 황금처럼 주렁주렁 열렸는데….'

그걸 인민군들이 마구 따가지고 가더란 것이다. 이때 철모르는 누나가, '너것들은 군인이면 다가? 왜 남의 과실을 임자 허락도 없이 따가느냐?'고 호령을 했단다. 어른들은 모두 겁이 나 간이 콩알만해져서 움츠려들었는데 인민군 대장이란 작자가 '인민해방이 되면 과일값을 꼭 갚겠다'면서

인수증인가 차용증인가를 써주고 갔단다. 누나의 영민함을 이야기할 때 꼭 등장하는 전설 같은 무용담이다.

이러저러한 에피소드들은 수없이 많다. 그렇지만 폭격 소리에 놀라 기절한 사건은 그의 기억에도 생생하다. 그날은 후퇴하는 인민군 차량들이 하루 종일 북녘을 향하여 올라가고 있었다. 읍내부터 시작해 '밤바우 모티(범바위재)'까지 연이어 줄을 서 있는 차량과 그 위에 올라탄 인민군 복장이 꼭 노란 벌떼 같다는 느낌이었다. 그 기나긴 차량 행렬은 끊임없이 이어져 흘러갔다. 점심을 먹다보니 갑자기 그 행렬을 향해 비행기가 따라오기 시작했는데 이 비행기는 읍내에서부터 출발해 밤바우 모티까지 올라와서는 기수를 돌려 다시 읍내 쪽으로 내려가며 폭탄을 떨어뜨렸다. 시커먼 폭탄이 느리게 떨어져 내려오는 것이 육안으로도 잘 보였다. 그러면 인민군들은 차에서 내려 논두렁 아래로 엎드렸고 비행기가 지나가면 또 다시 차에 올라 도주하기 시작했다. 비행기가 읍내까지 갔다가 밤바우 모티를 돌아 다시 기수를 낮춰 폭탄을 투하하기까지는 오랜 시간이 걸렸다. 그리고 떨어진 폭탄도 거의 불발되었다. 어쩌다가 하나 투하된 폭탄이 탱크에 맞아 터졌는데 그 섬광과 굉음에 놀라 그는 기절하고 말았다. 그의 유년의 전설이다. 형이 기절한 그를 업고 내달렸다고 한다. 이 대목에서 그는 평생 형 앞에 꼼짝못했다.

어쨌거나 전장을 내려다보던 언덕배기 이 과수원은 화수분이었다.

'과실나무 하나 논 한 마지기 안 바꿔주지.'

이 과수원 덕분에 공부들 했다.

한창 능금이 익어 빨갛게 물들 무렵 이 언덕배기를 찾았다가 과수원 총각에 반해 시집온 처녀가 바로 그의 아내다. 어른들이 살아계실 때는 큰소리 한번 못치던 사람이 이젠 제법 호기롭게 엄포를 놓을 줄도 안다.

"학생들 올 때 됐단 말예요."

빨리 들어와 밥 먹지 않으면 치워버리겠다는 뜻이다. 서울생활 30년을 뒤로 하고 귀향했을 때는 그래도 몇 푼 적금이 있었다. 이젠 그 돈도 다 날려버리고 궁여지책으로 아이들 모아 글짓기를 가르치고 있는 아내다. 다행스럽게도 잘 팔리는 작가라는 유명세 때문에 읍내에서 여기까지 아이들을 보내는 학부모들이 있다.

그거라도 챙겨먹자면 아이들 오기 전에 치장도 해야 하고 교재 준비도 해놓아야 한다. 그러니 이왕 베어버린 나무 나이테나 들여다보고 감상에 사로잡힐 시간이 없다는 것이다.

그렇지만 한 개인에겐 개인의 역사가 있다.

이제 그 마지막 산중인 같은 나무를 베고 그 세월이 새겨져 있는 나이테를 바라보는 것으로 그 역사를 짚어보는데 밥이 문제겠는가?

**3 세상에 네 식대로 되는 건 하나도 없다**

아버지가 뇌졸중으로 쓰러진 것은 당신 잘못이 아니다.

이미 할아버지의 유전자를 받았기 때문이다. 그래서 핏줄을 잘 골라야 한다. 단명한다는 것은 하늘이 점지해놓은 운명이다. 그걸 인위적으로 어떻게 할 순 없다. 현대의학이 생명체의 신비를 말하면서 염색체며 줄기세포, DNA 같은 것을 언급하는 대목에서, 이것들은 후천적으로 만들어지는 게 아니라 선천적으로 타고난다는 말을 들을 수 있다는 것은 충분히 숙명론을 입증하는 대목이라 하겠다.

때문에 밤새 아들과 다투었다.

"나 그 여자하고 결혼할래요."

"안 돼 임마."

아들은 안 되는 이유를 대라고 대들었다. 조실부모한 게 어디 그 여자 탓이냐며 공격한다. 그래도 그건 유전자를 잘못 타고난 거라고 반격한다. 사실 싫은 이유는 딴 데 있다. 그 여자라고 불리는 그를 며느리로 맞아들이면 아들을 빼앗기고 만다는 강박관념이 있다. 딸은 이미 남을 줘버렸지만 아들만큼은 그러고 싶지 않다. 요즘 세상에 함께 사는 사람이 어디 있어?라고 친구들조차도 동조하지 않지만 그는 그렇지 않다고 고개를 내젓는다. 핵가족화된 사회의 냉랭함이 싫다. 집안에 아이들이 득실득실해야 한다는 것이다. 아내는 못난 늙은이의 고집이라고 일축했다. 설사 제 발로 기어들어와 같이 살겠다는 며느리 있어도 한 지붕 밑에서는 안 살 거라 장담을 한다. 그렇지만 그는 한 지붕 밑이 아니더라도 이웃에는 살아야 한다고 못박는다. 그게 사람답게 사는 거다. 가족이란 게 뭔가?

"한번 안 된다면 안 되는 거야. 너 내 성질 잘 알지?"

그랬다간 당연히 빈손으로 시작해야 할 거다.

휴일을 보내러 내려왔던 아들은 날 새기가 바쁘게 떠났다.

아내는 그 보라며 반박했다. 그런 게 어디 있어, 부모 자식 간에 치사하게 재산권 가지고 그래요? 자본주의사회에서 그것 빼놓으면 뭐가 있어? 모든 척도가 돈인데. 그러면 당신도 당신 어른들하고 똑같아지는 거예요. 우리 어른들이 어때서? 그건 형이 엄연히 잘못한 거야. 아무리 그래도 그렇지요, 부모 모시기 싫음 안 모시는 거지 그렇다고 재산권 분배를 거기 결부시켜요? 제 벌어 제 맘대로 쓰겠다는데 누가 뭐래? 아이구야, 변변하게 물려줄 거라도 있고 큰소리 치면…. 이것만 해도 훌륭해. 나도 이게 물려받은 전부이니까. 그조차 마음에 안 들어 사회환원하는 사람들도 많아. 자식 이기는 부모 없어요. 부자지간에 의 끊고 후회하지 말고 제발 그만두어요. 그만두긴 뭘 그만둬. 나는 내 식대로 해.

내 식대로 해서 되는 세상이 아닌 줄 그는 잘 알고 있다.

그는 이를 '돈사당번의 외로운 투쟁이 낳은 교훈'이라 부른다. 수필도 쓴 적이 있다. 사람들은 그 이야기를 읽고 '어머나

정말 그런 일이 있을 수 있어요?'라고 놀라워했다. 그럴 때마다 그는 한 가지씩 더 부풀려 이야기를 꾸며내곤 했다.

돈사당번이 있었다. 돈사라는 말은 돼지집이라는 뜻이다. 그 돈사는 철길 가로 둘러쳐져 있는 철조망 가에 있었고 밤이면 보초를 섰다. 언제 누구에 의해 왜 서는 보초인지도 모르고 보초를 섰다.

"돼지우리를 지키기 위해 보초를 서요?"

그는 처음에 이렇게 물었다.

"그래 임마, 신참이 말도 많네."

고참의 말이었다. 처음에는 고참이 입초를 서고 신참이 동초를 섰다. 순찰은 대개 고참이 동초를 서는 사이에 지나간다. 순찰이 지나가고 나면 임무교대가 이루어지고 고참은 시야에서 사라진다. 어디 가서 뭘하다 오는지 알 수가 없다. 한번 시야를 벗어나고 나면 보초가 끝나갈 무렵에서야 어슬렁어슬렁 바지춤을 올리며 돌아왔다.

그런데 언제부터인지 그는 지켜야 할 대상인 돼지가 없다는 것을 알았다. 아마도 며칠을 그렇게 보초를 서고 난 다음날이었을 것이다.

"여기 돼지가 몇 마리나 있어요?"

"돼지? 돼지가 어디 있어, 임마."

돼지는 없다는 것이다. 지켜야 할 돼지도 없는데 빈 돼지우리는 뭣 땜에 지켜요? 그걸 임마, 나한테 물으면 어떻게,

군대에서 까라면 까는 거지. 고참은 개머리판으로 철모를 쾅쾅 내려쳤다. 철조망 밖 몇 미터 거리에 야간열차가 서 있다. 내리고 타는 사람이라곤 거의 없는 간이역이었지만 차단한 전등불이 선로를 따라 길게 켜져 있다. 차창을 통해 정겹게 이야기하는 사람들이 보인다. 하룻밤에도 몇 번씩이나 탈영을 꿈꾼다.

그런 돈사 보초로 겨울을 났다. 손발은 얼어터지고 마음은 불만과 억울함으로 피폐해갔다. 돈사 보초를 왜 서야 하느냐고 따지고 물었다가 피박살이 났다. 군대서 밥 처먹고 놀라고 옷 입혀주는 줄 알아 임마.

— 인간이 빈 돼지우리를 지킨다?

졸병수첩에 적어두었던 이 글 때문에 연병장을 돌았다.

그게 싫음 개를 지키라는 명령이 떨어졌다. 대대장은 키가 큰 셰퍼드를 키우고 있었는데 퇴근 때는 CP 앞에 이놈을 묶어두고 갔다. 사모님이 개를 싫어해서라고 했다.

어느 날 개가 사라졌다.

대대 병력이 전부 연병장을 돌았다.

— 개만도 못한 인간도 있다?

밤에는 두더지도 자는데 '개의 묘'를 지키라는 새로운 명령을 받고 실탄을 장전한 채 개구멍을 뚫고 야간열차를 타러 나갔다.

그러나 고참들에게 붙들려 돌아오면서 수없이 듣던 말,

'세상에 네 식대로 되는 건 하나도 없어 임마. 탈영하는 너만 괴로운가? 우리도 괴로워 임마.' 이번에는 개머리판으로 철모를 때리는 게 아니라 '꼬질대'로 엉덩이를 수없이 내려쳤다. 임마가 입에 붙어 따라다니던 그때 그 시절에도 그는 맞아가면서 제 맘대로 했다. 정말 자기 식대로 되는 건 하나도 없는 세상일까? 제 거 가지고 제 맘대로 하는 일도?

**4 그래도 소나무를 심는다**

배나무가 서 있던 자리가 텅 빈 느낌이다.

"여백의 미가 있잖아요?"

"아니야. 기둥 뿌리가 뽑혀나간 느낌이야."

소나무라도 한 그루 캐다 심어야겠어. 그는 아침을 먹고 친구에게 전화를 걸었다. 그러잖아도 식목일 기념식수를 하자고 약속이 돼 있던 터였다. 마침 그 친구가 트럭을 가지고 있어 짐 실을 일만 있으면 불러다 신세를 져왔었다.

"오늘 어때?"

"좋아."

벌써부터 봐둔 나무들이 있다. 기습특공대처럼 이미 여러 차례 나무들을 캐다 옮긴 이력이 있다. 나무 중에서는 소나무 이식이 제일 어렵다. 어떤 사람들은 막걸리를 먹여 술이 취했을 때 옮겨 심으면 잘 산다 했고, 또 어떤 사람들은 반드시 링거를 맞혀야 한다고까지 했다.

그러나 그 친구의 이론은 간단했다.

'아홉사리 소나무'만 캐 옮기면 틀림없이 산다는 것이었다. 아홉사리는 취우령에서 뻗어내려오는 능선 이름이고 온통 붉은 황토다. 황토는 그 흙의 입자가 고와서 뿌리와 서로 엉겨 떨어지지 않는다. 그러니까 뿌리를 돌려파기가 용이하다는 이야기다. 따라서 분 뜨는 수고를 하지 않아도 된다. 실제로 아홉사리 소나무를 몇 그루 옮겼는데 다 잘 살았다.

"그런데 문제는 이번에는 좀 큰 놈을 옮겨야 한다 이 말씀이야."

친구가 오히려 더 걱정을 했다. 노목이 있던 자리를 메우려면 덩치가 큰 나무가 아니고서는 어울리지 않을 거란 이야기다.

"그렇지만 장비도 없이 어떻게 큰 나무를 들만지냐?"

그는 조그만 나무도 심어 키우는 재미로 보면 된다고 한다. 친구의 생각은 다르다. 언제 키워서 그늘 보냐? 그러니 미리 큰놈을 심어야 한다는 지론이다.

"이미 그럴 나이가 아니야."

그는 친구를 믿는다. 그는 약골이지만 친구는 노동으로 잔뼈가 굵었다.

둘은 몰래 캘 소나무를 찾아 아홉사리를 향했다. 벌써부터 봐둔 나무가 거기 있었다. 그렇지만 막상 작업을 하려니 만만치가 않다.

"둘이 들어올리기엔 무리겠어."

"그럴 줄 알고 체인블록 가져왔으니 걱정마."

삽질을 시작한다. 금세 땀이 난다. 이렇게라도 운동을 하지 않으면 안 된다는 친구다. 벌써 몸 생각할 때가 되었나? 벌써라니, 옛날 같았으면 늙은이 취급받았다. 늙으면 제 몸 제가 돌봐야지 아무도 소용없다는 이야기다.

"요즘은 자식도 마누라도 다 남남인 세상이야."

그는 간밤의 일을 떠올리기 싫어 딴 이야기를 한다.

"이러다가 산림훼손죄로 잡혀가는 거 아닌가?"

"더 큰 도적질하는 놈들도 많은데 뭐가? 이깟 나무 하나 캐간다고. 내 웃기는 이야기 하나 해줄까? 가로수로 심은 은행나무 있지? 그 묘목들 누가 팔아먹었는지 알아? 전 대통령 장인이 팔아먹었대. 그래서 장인나무라 한대. 요즘 가로수로 새로 심은 목백일홍은 도지사가 팔아먹었다고 촌사람들이 그거 보고 핵구나무라 한대."

친구는 어디서 주워들었는지 시정 소식을 혼자 지껄이면서 땀을 뻘뻘 흘린다. 그러다가 막걸리를 마셔야 뱃심이 생긴다며 막걸리도 꺼내와 들이킨다. 그는 그러한 친구의 근력이 내심 부럽다.

소나무는 곧게 아래로 내려간 직근이 하나, 그 외에 옆으로 뻗은 뿌리가 서너 개 정도로 잔뿌리가 많지 않다. 때문에 되도록 옆으로 뻗은 지근을 자르지 않을 만큼 넓게 둘러 파야 한다. 소나무를 이식하는 가장 확실한 방법은 전년도에 미리 이 뿌리들을 잘라 잔뿌리를 새로 돋게 한 후에 옮기는 것이다.

어쨌거나 황토에서는 이 뿌리가 길게 뻗지 않아 작업하기가 수월하다.

그런데도 그는 이상하리 만큼 숨이 차다. 삽질을 해서 그런 게 아닌 것 같다.

"이상하지. 왜 이리 숨이 찬지 모르겠어?"

"안 하던 일을 하니까 그렇겠지."

그는 삽질을 멈추고 땅바닥에 풀썩 주저앉는다.

"일을 해서가 아니야."

요즘 들어 갑자기 숨길이 가빠지면서 호흡이 곤란할 때가 더러 있다는 이야기를 한다.

"그러면 병원에 한번 가봐."

"병원씩이나?"

그럴 만큼 심각한 상태는 아니라고 말한다.

욕심만큼 큰 나무는 아니었어도 그런대로 키가 쑤욱 뻗은 소나무를 하나 캐, 밑동을 둘러 트럭에 실었다. 나뭇가지를 순서대로 헤아려 올라가던 친구가 말한다.

"이게 이래뵈도 이십 년은 족히 된 나무네?"

"그러게 말이야."

둘이서 지금까지 캐다 심은 나무 중에는 제일 큰 소나무다.

둘은 낑낑대며 배나무가 있던 자리에다가 소나무를 옮겨 심었다.

처음 과수원 나무들을 파내고 굴삭기를 불러 계단밭을 평평하게 골라 정지작업을 할 때 동네 사람들은 저 사람이 저기 또 무슨 짓을 하려나 하고 주시하였다. 그러다가 겨우 잔디 심고 정원수 심는 것을 보고는 미쳤다고 생각했다. 농촌에서 농토를 놀리는 일은 어림없는 일이다.

그러나 지금은 좀 다르다. 그렇게 가꾼 터전에 도서관을 짓고 책을 넣어 아이들을 불러모아 책을 읽게 하니까 뭔지는 모르겠지만 좀 좋은 일을 하기는 하나보다 느끼는 것 같았다.

"그 집에는 내외가 다 글 쓰는 사람들이라면서?"

동네 사람들이라 하지만 워낙 오래 나가살아 서로의 하는 일들을 알지 못한다. 게다가 촌사람들이 시인이며 작가가 뭐하는 작자인지 알 리가 없다. 어느 베스트셀러 작가의 아버지가 동네 사람들한테 '우리 딸은 서울 가 글씨를 잘 써 돈을 많이 벌었다'고 했다는 일화를 떠올리게 하는 대목이다.

아내는 잔디밭을 갖는 게 소원이었던 적이 있다. 아이들은 개를 기르는 것이 원이었다. 이제는 잔디밭도 개도 다 기를 수 있다. 소원대로 다 된 셈이다. 그런데 드넓은 잔디밭에는 흘러가는 구름의 그림자뿐이다. 딸애는 모교에 강의 자리가 나왔는데도 애기 때문에 거절할 수밖에 없었다고 한다. 그래서 가족은 모여서 살아야 한다는 게 그의 지론이다. 서로서로 역할을 분담할 수 있지 않느냐.

"이건 어떻게든지 물을 많이 줘야 돼."

친구는 물을 흠뻑 준 뒤에 또 다시 호스를 갖다대고 물을 뿌린다.

이미 낮술이 벌겋게 달아올랐다. 이래 한 잔 저래 한 잔, 하루 종일 술기운이 떨어질 날이 없는 친구다.

그는 이리저리 자리를 옮겨가며 소나무가 선 모양새를 재본다.

배나무처럼 퍼져 있는 형세는 아니더라도 그 자리를 메울 만은 하다. 위로 쭈욱 뻗은 주간 위로 다시 춤추듯 사뿐 올라앉은 아랫단 가지에 소복이 내려앉은 묵은 갈비며 그 위에 얹히듯 매달려 있는 솔방울들, 다시 그 위로 사뿐사뿐 덧얹어져 있는 가지들이 시적이기까지 하다. 겨우 두세 층의 가지뿐인 수세이지만 오히려 그 고즈넉함이 고고한 기풍으로 살아나는 수형이다. 그래서 '선비송'이라 이름한다.

"소나문 역시 선비송이 운치가 있어."

친구가 돌아간 다음 그는 혼자 홍에 겨워 저게 잘 살아 이 빈자리를 하루속히 메우기를 빌었다. 그러면서 내일 세상의 종말이 오더라도 오늘 한 그루의 사과나무를 심겠다던 어떤 철학자의 말을 떠올린다.

## 5 한 줄기 빛의 굴절현상을 따라가면

방에 들어와 홈페이지를 열고 나무 심은 이야기를 쓰려는데 갑자기 진땀이 나고 가슴이 답답했다. 이전에 한번도 경험하지 못했던 압박감이 온몸을 덮어누른다. 요 며칠 동안 간간이 가슴 답답한 증상이 있었지만 운동을 안 해 그저 숨이 차는 정도로만 여겼었는데 이건 영 정도를 지나쳤다. 숨을 쉴 수가 없다.

그는 이 심상찮은 비상사태에 굴복이라도 하듯 침대에 가 조용히 누웠다. 서 있는 상태에서 쓰러지면 안 된다는 생각이 퍼뜩 떠오르고 할 수 있는 최선의 응급조치는 조용히 몸을 눕히는 일이라는 생각이 들었다.

아버지는 쓰러져 뇌졸중이 되었다. 반신불수로 7년간, 누워서 2년 동안 이승의 마지막 시간과 싸웠다. 그때 장남인 형은 나 몰라라 집안을 돌보지 않았고 모든 권리를 포기했다. 그 뒷바라지를 그의 아내가 도맡아했다. 그 이후로 어머니의 병수발까지 십수 년 동안 아내는 그렇게 청춘을 살라 먹었다.

그런데 이런 순간이 이렇게 다가오다니? 그는 순간적인 찰나인데도 아버지가 할아버지에게 물려받았을 유전인자들이 주마등처럼 떠오른다. 성인병은 대부분 유전이다. 이건 원해서 받는 것이 아니다. 원하든 원치 않든 물려받는 것이다.

그는 죽은 듯 조용히 누워 이대로 가는구나 하고 생각했다. 아니면 반신불수가 되는구나, 했다. 그러면 누가 그러한 인간을 돌보나. 아내가? 자식이? 아직 있지도 않은 자식의 아내가? 손주녀석들이? 이래서 손을 빨리 봐야 한다는 어른들의 말이 옳다는 생각이 든다. 벌써 이렇게 손을 기다릴 만큼 늙었나?

다시 숨통이 조여지고 들숨날숨을 쉴 수가 없다.

마침 공부하러 오는 오후반 학생들이 도착했는지 떠들썩한 아이들 소리가 들린다.

"어서 와라. 얘들아."

아이들을 대하는 아내의 목소리는 밝고 명랑하다.

친구가 와 소나무를 캐다 옮겨 심었어도 커피 한 잔으로 끝났던 그였다. 그런데도 아이들만 보면 어떻게 저리도 좋아하는지. 모르긴 몰라도 과자를 준비해놓고 기다렸을 것이다.

그는 허리띠에 매달려 있는 휴대폰을 꺼내들었다.

"여보 나야. 나 어디가 아파도 되게 아픈 것 같아."

"어딘데 그래요?"

"안방 침대에."

그는 이대로 조용히 간다고 생각했다. 또 그렇게 간다 해도 서럽지 않다는 생각도 했다. 아내의 말을 빌리면 '세상에 제 하고 싶은 대로만 하고 산 사람'이다. 그 말에 조금도 토를 달 생각은 없다. 정말 그렇게 살았으니까. 그러면서 농담 삼아 '무 뿌리 못 먹을 때 보자'고 했다. '내가 뭘 그리 잘못을 했는데?' 하면, '빠삐용이 뭣 땜에 종신형을 살았는지' 아느냐고 되물었다. 청춘을 낭비한 죄라고 했다. 아내는 이 집에 와서 빈껍데기가 되었다. 젊어 한때는 남편의 바람기에, 좀 살 만하니까 어른들 병수발에 골병이 들었다.

아내가 들어와 이마를 짚어본다.

그리고 전화를 한다.

"원장님 계세요? 예, 예."

그는 아내의 통화하는 내용을 듣는다. 한의사인 조카가 손가락 끝을 모두 따라고 하는 모양이다.

"일단 사혈을 하라는데요?"

그는 아내가 하는 대로 손가락을 내맡긴다. 평소 같았으면 그 무슨 쓸데없는 짓이냐며 어림도 없을 일이다. 아내는 차근차근 열 손가락 끝을 란셋 침으로 찔러댔다. 침을 든 손이 떨리고 있음이 느껴졌지만 그는 아무 말도 하지 않았다. 아무 말을 하지 않은 게 아니라 할 기운이 없었다. 숨을 몰아쉬기에도 바빴다.

그는 갑자기 히말라야를 떠올린다.

히말라야라는 말 앞에는 반드시 대설원의 히말라야라는 '대설원'을 붙여야 한다. 그리고 그 앞에다가 다시 '숨도 쉴 수 없는' 대설원의 히말라야라는 말을 붙여야 한다. 그리고 가능하다면, 그럴 여유가 있다면 '숨도 쉴 수 없는'이라는 말 가운데에다가 '몰아'라는 단어를 넣어 '숨도 몰아쉴 수 없는 대설원의 히말라야'라고 해야 한다. 대 히말라야 산맥의 지붕 에베레스트를 바라보며 만든 신조어이긴 하나 그때를 떠올리면 어디서나 숨막힌 시늉을 할 수가 있는 그였다. 그런데 지금은 그런 시늉이 아니라 실제 상황이다. 그때와 흡사한 숨막힘이 다시 찾아온 것이다. 그때는 고산병이라는 뚜렷한 병명을 알 수 있어 더 낮은 곳으로만 내려가면 일단 응급처방이 되었지만 이건 뭐란 말인가? 더 내려갈 곳도 내려갈 필요도 없는 곳에서 숨을 쉴 수 없다니.

그는 아내가 손가락 끝의 피를 자아내는 동안 눈을 감고 히말라야 대설원의 야크를 떠올리고 있었다. 방울을 달았던가? 야크는 해발 3천 미터 이상에서만 살 수 있는 고산동물이다. 더 내려오면 심장이 터져 죽는다. 인간은 그 이상 올라가면 심장에 이상이 생기고 야크는 그 이상 내려오면 안 된다. 그 한계점에서부터 만년설이 쌓인다.

야크는 진종일 만년설을 헤매며 풀을 뜯는다. 눈밭에 무슨 풀이 있을까? 자세히 들여다보면 새끼손톱만 한 두메양귀비며 만병초 같은 풀들이 있다. 야크는 그 큰 입으로 그걸 뜯어 양식을 삼았다. 약초를 상식하는 짐승이니만큼 하나도 버릴 게 없다. 야크는 죽어 고기와 가죽과 기름을 남긴다. 그러나 인간은 무엇을 남기는가? 한 줌 재? 아니면 이름석 자? 그는 야크를 꿈꾼다. 제 혼자서 설원을 누비며 풀을 뜯던 히말라야 대설원의 야크.

몽골에도 야크가 있긴 있었다. 키가 작고 털도 약간 부스스했다. 몽골 대초원이라곤 하나 이놈들은 호숫가 풀밭에 똥을 싸고 그 위에 누워 등허리에 똥이 묻어 있었다. 그 똥 찌꺼기를 파먹으러 새들이 야크 등을 쪼고 있었다.

그는 대설원을 꿈꾸며 혼잣말을 한다.

"야크면 다 같은 야크냐?"

"뭐라구요?"

아내가 묻는다.

"아니야."

"이 선생한테 전화를 해놨어요. 곧 올라올 거예요."

아내는 손가락 끝에서 난 피 닦은 휴지를 둘둘 말아들고 방을 나간다. 이 선생이 오면 뭘하나? 병원으로 가자는 이야기겠지? 병원은 싫은데…. 그냥 이대로 잠들고 싶다.

그는 다시 날짜변경선을 지나 북빙양을 둘러 적도를 향하던 태평양을 그린다. 운이 좋아서 해군사관학교 졸업생도들과 함께 순항훈련을 한 적이 있었다. 그 120일 간의 바다를 잊을 수가 없다.

파랗다고 표현하기에는 너무나 짙고 푸른 에메랄드빛, 빛의 다발이 바다 깊숙이에서 나오는 걸 본 적이 있다. 굵고 긴 사각 팔각 십육각의 푸른 빛줄의 띠가 바다 속으로 연결

되어 있었다. 처음엔 바다 가운데 있는 무슨 국경선인 줄 알았다. 바다에 무슨 국경? 그는 퍼뜩 착각에서 깨어나 저 멀리 사라져가는 푸른 띠를 보았다.

"배가 같은 각도로 가고 있으니 내일 같은 시각 같은 자리에서 보면 또 있을 걸요?"

빛의 파장이라고 했다. 태양의 빛이 바닷물에 굴절돼 보이는 현상이라 했다. 사각 기둥만 한 에메랄드 다발이 밑도 끝도 없이 쏟아져나오던 그 기이한 빛의 다발을, 그는 아직도 무어라 표현해야 할지 그 말을 찾지 못했다.

그때 그는 갑판에 앉아 요한이 쓴 계시록을 읽던 중이었다.

— 둘째 천사가 나팔을 부니 불붙는 큰 산과 같은 것이 바다에 던지우매 바다의 삼 분의 일이 피가 되고 바다 가운데 생명 가진 피조물들의 삼 분의 일이 죽고 배들의 삼 분의 일이 깨어지더라. 일곱째 인과 일곱 나팔의 재앙은 마지막 일곱째 봉인을 어린양이 떼심으로 일어난다. 여기 기독교의 비밀이 있다. 이날엔 아직 그 삼 분의 일만 가리신다. 아직 기회가 있다는 계시다.

그때 그는 무저갱 같은 적도 부근에서 죽음의 한 모습을 보았다고 생각했었다.

그러나 그 이후 무얼했던가? 배 위에서 했던 기도는 물거품처럼 사라졌다.

그는 갑자기 그때 본 한 다발의 빛줄기, 그 빛의 다발을 표현할 말을 찾았다.

죽음은 굴절현상이다.

## 6 나무귀신은 살아 있다

퇴원을 했다.

소나무는 그새 반쯤 말라 있다.

"그동안 안 돌봤더니."

그는 방안에 들어가기도 전에 소나무에게 물부터 준다. 입원실에 누워 있으면서도 줄곧 소나무를 생각했었다. 소나무가 커서 그늘을 드리우는 꿈도 꾸었었고 또 어느 날은 소나무가 죽어 잎이 새빨갛게 말라비틀어지는 꿈도 꾸었다. 마치 소나무의 생사 여부에 따라서 자신의 생사가 결정된다는 터무니없는 미신도 생겼었다.

"그런 건 나중에 하고 들어가 쉬세요."

수도꼭지에 호스를 꽂아 나무에 물을 주고 있는 그에게 아내는 들어가 쉬라고 한다. 일주일 넘게 토끼잠 자느라 푸석푸석해진 얼굴이 안쓰럽다.

그는 아내의 권유대로 방으로 들어간다.

어느덧 온 집안은 풀밭으로 변해 섬돌 밑까지 잡초가 엉겼고 방안에서는 곰팡내가 났다.

아내는 창문을 열어젖히고 청소를 한다.

'아버지도 병원을 갔다올 때마다 이런 냄새를 맡았을 거

야.'

그는 비로소 느껴지는 게 있어 벽에 걸린 아버지의 초상화를 바라본다. 아버지의 이십대 초반의 화상이다. 사진관에서 목깃만 있는 셔츠를 빌려입고 넥타이를 맸었다는 사진이다. 이미 그림 속의 주인공은 물론이고 그걸 그린 사람도 이승 사람이 아니다. 아버지는 그림 그리는 사위를 맞는 걸 별로 달가워하지 않았던 것으로 기억된다. 그러한 장인 어른에게 잘 보이려고 혼전에 그린 초상화라고 했다.

"아버님은 친일파인가요?"

"뜬금없이 그건 또 무슨 말이야?"

"그 당시 넥타이 매고 양복 입었으면…."

"그렇게 따진다면 왜정 때 할복자살 안 하고 살아남은 사람은 다 친일파게? 백이숙제가 아닌 이상."

그는 병원에 있는 동안 텔레비전을 너무 많이 본 게 탈이라고 말하려다 그만둔다.

그림 속의 모든 주인공들은 사라졌는데도 그림은 남아 있다.

그는 잠시 '인생은 짧고 예술은 길다'란 그 흔한 말을 되씹어본다. 이런 게 예술혼일까? 죽어서도 산 자와 말을 할 수 있다는 것은 일단 위대하다.

"아버지 나 돌아왔어요."

그는 조용히 굽어보고 있는 화상에 대고 인사를 하고는

침대에 올라가 눕는다. 침대는 처음 그가 누웠다가 실려나갔을 때 그대로다. 그때 던져두었던 휴대폰이 베개 밑에서 나온다.

"일주일 전과 변한 게 하나도 없네?"

"왜 없어요? 깜박 죽었던 사람이 살아서 돌아왔는데."

그는 아내의 말에 아무런 의미도 부여하지 않았다. 의사들은 그랬다. 조금만 더 늦었어도 큰일날 뻔했다는 것이다. 급성심근경색은 시간을 다투는 병인데, 그런데 어떻게 이 지경이 되도록 그냥 있었느냔 거였다. 이렇게 되기 전에 이미 전조가 있었을 거란 나무람이었다. 며칠 전부터 숨쉬기가 좀 힘들긴 했지만 별 대수롭잖게 생각했었다니까 미련한 양반이라 하였다. 어쩌면 자기 몸에 대한 이상을 그렇게 모를 수 있느냔 거였다. 아내는 이 양반은 까무러치기 전에는 병원 가는 성질이 아니라고 말했고 의사들은 그러한 그를 꾸짖었다. 그건 석기시대나 있을 수 있는 일이고 현대인은 예방 차원에서 병원을 자주 찾아야 한다 했다.

수술은 비교적 간단했다.

"심장조영수술이란 걸 했는데요, 요즘 기술 참 희한하대요. 허벅지를 뚫어 심장수술을 한다니까요."

수술 경과에 대해 설명하는 아내의 목소리를 들으며 그는 깜박 들었던 잠에서 깨어났다. 그동안 병문안을 온 사람들이 몇 팀이나 되었는지 여기저기 음료수 박스며 과일바

구니들이 쌓여 있는 것이 반쯤 열려 있는 미닫이를 통해서 보인다.

그는 침상 옆 벽에 드리워진 커튼을 치켜들고 바깥을 내다본다.

날은 이미 어두워 있었고 하현달이 아홉사리 위로 걸려 있는 것이 보인다.

"… 처음에 시커멓게 막혀 있는 핏줄이 보이더라고요. 거기 바람을 불어넣으니까 확 풀어지는데 이게 그냥 뚫렸으면 그걸로 끝나는데 워낙 심하게 달라붙어 있는 혈전들이 있어 뚫리지 않더라구요. 이게 잘못되면 머리로 올라가 뇌혈관이 터질 수도 있다는 거예요."

아내는 영화 본 이야기를 하듯 수술실에서 있었던 이야기를 한다. 그리고는 심장으로 들어가는 대동맥이 달라붙지 않게 쇠망을 박아 혈관을 넓혔다는 설명을 할 때는 목소리를 낮추기까지 한다. 행여 옆방에 잠들어 있는 환자가 들으면 안 되는 이야기라도 하는 것처럼. 그리고는 마지막 수술비 1천만 원에 가서는 목소리를 또 높인다.

"보험에서 반, 본인 부담이 반이니까."

그동안 꼬박꼬박 낸 보험료 덕을 단단히 본 셈이라는 이야기였다.

그는 일부러 헛기침을 한번 한 다음 거실로 나간다.

"수술한 사람이 이렇게 걸어다녀도 되나?"

"요즘은 세상이 좋아 수술하고 곧바로 걸어요."

그는 병문안온 사람들의 손을 잡아 일일이 악수를 나눈다. 전에 없이 정겨워 보이는 이웃들이다. 사람들이 모이니까 온갖 병 이야기들이 오간다. 전부 한번씩 안 아파본 사람이 없다. 큰 병을 앓고 나면 인생관이 바뀐다고들 한다.

"이제 교회 열심히 다닐 거죠?"

그러나 그는 대답하지 않는다. 아직도 하나님과의 대거리가 남아 있다는 것일까.

한참을 떠들어대던 사람들이 돌아가고 나자 또다시 둘만 남는다.

하현달이 치우령의 하늘 금에 걸릴 때까지 그는 오랫동안 흔들의자에 앉아 있다. 달이 지자 그는 노트북을 켜고 앉아 이렇게 적는다.

— 나무귀신은 살아 있다.

이제부터 글을 쓸 요량이다. 병원 침상에서도 시를 썼으니, 서재에 앉아 글 쓰는 일은 누워 떡먹기가 아닐 것인가.

# 특별상봉

**1**

무지개 뿌리를 찾아
이 골짝 저 골짝 헤매던
울 오메

한평생
무엇을 기다렸을까?
산그늘 지고 뻐꾸기 울고
바람 불 때

보라
저기 무지개 타고 오르는.

—박영순, 「당신의 그리메」

내 고종사촌 누이동생의 시다.

나보다 한두 살 아래로 우리는 함께 자랐다. 한솥밥을 먹고 한 지붕 밑에 지낸 세월이 많다. 그러나 지금은 서로 멀리 떨어져 얼굴 보기가 힘들다.

나는 일찌감치 전업작가 생활을 접고 고향에 와 묻혔고 동생은 아직 정년을 기다리며 직장생활을 한다. 나는 내려오자마자 집지킴이 같은 과수원을 밀어내 정원수를 심고 잔디밭을 만드는가 하면 작으나마 집을 새로 지었다. 거기다 욕심을 부려 지인들의 시비를 세우기 시작하였다. 이때 동생 내외가 놀러와 '오빠, 내 시비도 하나 세워줘' 하였다. 시인도 아닌 게 무슨 시비를? 하였더니 가슴속에 간직하고 있는 시가 한 편 있다 하였다.

"평생을 간직한 사연이야."

들어보니 그럴 듯하였다.

"그래, 그런 속 깊은 뜻이 있다면 그게 바로 시지…."

그렇게 받아적은 시다. 시비를 만들면서 좀 고쳤다. 나는 시인이자 소설가니까. 오빠가 고치니까 훨씬 시적이네! 당근이지. 뽐을 좀 냈다.

그러한 그에게서 우편물이 하나 왔다.

— 오빠, 이 글 읽어보고 소설 쓸 수 있으면 써봐.

소설가에게 필요할 자료일 것 같아서 보낸다는 내용이었다. 그 전에 나는 그가 이산가족 찾기에 나간다는 이야기를 언뜻 듣기는 했지만 별 신경을 쓰지 않았다. 왜냐면 이산가족 찾기 같은 문제는 소설가에게 있어 이미 한물간 소재라고 생각했기 때문이었다. 게다가 고모부의 경우 제삿밥 떠놓은 지가 어언 반세기가 지났다.

언젠가 대한적십자사 총재가 TV에 출연해 남북의 이산가족이 대략 7만 명 정도인데 한번에 1백 명씩 상봉을 추진하고 있다면서, 한 달에 한번씩 만나고 있는 이 일이 순조롭게 진행된다 해도 이들이 다 만나려면 70년이 걸린다, 그런데 그 사이 죽어나가는 인원이 수천 명임을 감안한다면 몇 년 지나지 않아 이들이 다 죽고 말 것이라는 안타까운 발표를 할 때도 나는 그냥 남의 이야기 듣듯 한쪽 귀로 듣고 한쪽 귀로 흘리고 말았다.

우리 집안은 일본 유학파였던 숙부를 비롯해 재종숙부 두 분과 재종숙모 한 분, 그리고 고모부와 이모부 등이 월북했다. 그 중 재종숙부 한 분은 박헌영의 오른팔로 불렸던 거물급 인사로 그 당시 동아일보 지면을 장식했던 정도라 이름만 대면 다 아는 인물이다. 몇 년 전까지만 해도 사리원시장을 하고 있다는 소식을 전해들었는데 이산가족 상봉 신청을 하고 차례를 기다리던 중 사망했다. 그 숙모는 지금도 살아 있다지만 상봉 순서가 감하다.

이 두 분의 아들인 3종형이 언젠가 전화를 해 이런 말을 한 적이 있다.

"동생, 난 이제 외롭지 않다."

북에 가족이 다 살아 있다는 것이다. 지금까지 천애고아라고 생각하고 살아왔는데 북에 양친 부모가 살아 있고 또 동생들이 줄줄이 있다니 한결 마음이 든든하다는 것이다. 그런데 그 뒤에 온 전화 내용은 사뭇 달랐다. 그 동생들이 여러 경로를 통해 돈을 뜯어간단다. 그래도 피붙이들이 못살아 하는 짓이겠거니 하고 모두 다 응해주었더니 도가 지나치다는 것이었다. 그 뒤에 온 전화는 이제 동생도 뭣도 다

지긋지긋하다는 하소연이었다.

때문에 우리 집안의 기둥들이기도 했던, 그리고 그 숙부들의 동기간이었던 고모부를 만나러 가겠다는 고종매姑從妹의 전화가 왔을 때, 나는 남의 일 대하듯 무덤덤했던 것이다. 그런데 보내온 자료집과 거기서 찍어온 사진을 보다보니 문득 이거야말로 소설가인 내가 할 일이 아닌가 하는 생각이 드는 것이었다.

아래 글은 그가 보내온 '특별상봉기'다.

**2**

수업 중인데 핸드폰이 울린다. 폴더를 열어보니 종일이다. 생전가야 먼저 전화를 하는 애가 아닌데 웬일일까? 자습을 시켜놓고 뒷자리로 가 전화를 걸었다.

"누나, 종일입니다."

"응, 내가 수업 중이라서…."

수업 중인 줄 몰라서 이 시간에 전화를 한 건 아닐 거다. 그런데도 나는 수업 핑계를 대고 통화를 간단히 하고 끊으려 했다. 통화를 해봤자 별 다른 이야기꺼리가 있을 게 없다. 보나마나 집안 납골당이나 새로 만들 족보에 따른 갹출 같은 재정 문제밖에 더 있겠는가? 그런 일이라면 오빠하고 의논할 일이지 왜 나한테 전화를 해.

"누나, 세상에 이런 일이…."

종일은 이미 흥분돼 있어 아무리 목소리를 가라앉히려 해도 그게 잘되지 않는 모양이다. 이쪽에서 기다릴 새도 없이 일방적으로 할 말을 마구 한다.

"큰아버지가 살아계시는가봐. 살아 있는 게 확실한 것 같아."

"뭐? 너 지금 뭐라노?"

야가 지금 자다가 봉창 두드리나? 죽은 지 육십 년이 다 돼가는 사람이 살아 있다니? 이게 도대체 무슨 소리야?

궁항리 이장 박종환에게 대한적십자사에서 박계남이라는 사람 가족들의 생사 확인 전화가 와서, 일단은 가족이 살아 있다 하고, 우리의 연락처를 몰라 재종형再從兄 박종고에게 이 사실을 연락해, 종고가 나에게 전화를 해왔는데 큰아버지가 북한에 살아계시는 것이 확실하다는… 종일의 전화 내용이었다.

"큰아버지가 살아서 가족을 찾는대요."

이 무슨 귀신 씨나락 까먹는 소린가.

아버지가 살아계신다고?

5월 17일 오후 2시 30분.

종제從弟 종일이 전화로 아버지가 북한에 살아 있다는 소식을 전해왔다. 나는 어찌할 바를 모르겠고, 당황하여 허둥대다가 오빠에게 전화를 했다.

— 오빠요, 아버지가 살아 있단다. 적십자사에서 연락이 왔대. 가족을 찾는대.

— 여보, 난데요. 아버지가 살아 있대요. 적십자사에 전화해 확인 좀 해봐줘요.

남편이 적십자사에 확인을 해보니,

북에 사는 박계남이 궁항리에서 살던 가족, 아버지 박종만, 어머니 윤파주, 아내 표계조, 아들 박종명, 동생 박상재, 동생 박밀양, 동생 박문정, 동생 박계임의 생사 확인을 요청해왔으며, 사망자와 생존자를 구분하고 사망자는 사망일시를 적어주고 생존자는 주민등록번호, 주소, 관계, 방북 여부를 적어 주민등록 등본을 첨부하여 이번 주까지 팩스로 보내달라고 한다 했다.

적십자사에 이 사실을 거듭 확인하는 전화까지 했다.

이번 생사확인자 중 6·25 및 8·15 기념 특별상봉자가 선발된다고 한다. 우리 가족은 만약 선정이 된다면 8·15쯤 특별상봉에 해당될 것 같다 한다.

생존자는 각각의 주민등록증을 급히 준비시키고 또 사망자의 일자 확인을 위해 제적등본을 발급받았다. 각각 강원도 인제, 거창 북상, 경북 울산 등지에 떨어져 살고 있어서 신속하지 못한 어려움이 많았다.

종일이가 적극 나서 도움을 주었다.

5월 19일. 자료를 취합하여 적십자사에 생사 확인자 명단을 보냈다.

북/ 박계남

상기인의 이산가족 명단은 아래와 같습니다.

1) 사망자/ 아버지 박종만, 어머니 윤파주, 동생 박상제, 누나 박을님

2) 생존자/ 아내 표계조, 아들 박종명, 딸 박영순, 동생 박밀양, 동생 박문정, 동생박계임, 동생 박병제(생사 불명)

대표자 연락처 : 박영순(딸)

상봉자는 한 가족 모두 5명으로 제한한다고 한다. 어머니가 가실 수 있을 땐 나는 참여할 수 있는 입장이 못 되고 설사 어머니를 모시고 가려 해도 보호자가 될 만한 사람이 없다. 모두가 부실한 사람들뿐이다. 최종 결론은 어머니를 제외하기로 했다. 어머니는 이미 사람을 알아보지 못하고 평생을 기다려오던 남편이 살아 있다는 소식을 전하려고 애를 써도 알아듣지 못하고, 앉아 있을 수조차 없으니 이러한 모습을 보여드리지 않기로 맺음을 지었다.

이렇게 하여 아들과 딸, 동생 세 명을 상봉대상자로 신청하기로 확정지었다.

이산가족통합정보센터 홈페이지에 들어가서 북에서 요청한 생사확인신청자 명단을 보냈다. 모두 4백 명이란다. 224번 박계남이 찾는 내용을 확인하였다. 이상하게 동생 박병제와 딸(나)은 명단에 없었다. 북에서 온 자료에 아버지 사진을 첨부한 이산가족신청서가 있어 인쇄를 하여 참고자료로 삼았다.

대한적십자사는 4백 명의 생사확인서가 교환된 후 2백 명을 선정하여 상봉대상자를 발표한다고 한다.

6월 5일쯤에 선발예정자와 상봉일자가 결정된다고 기다려보라 한다.

6월 5일 남측상봉자는 선정 발표가 되었는데 북측은 소식이 없고 기다리다가 적십자에 확인을 하니 10일쯤에 명단이 올 것 같다고 하였다.

6월 9일 오후 5시에 적십자사 담당자가 전화로, 이번 상봉자로 선정되었으니 오는 24일 속초 설악산 한화콘도로 집결하여 오후 3시까지 상봉 접수를 하라 하였다.

안내서는 우편으로 보내준다며, 안내서에 따라 준비하라 하였다.

우리도 이번 제14차 6·25 및 8·15 특별 이산가족 상봉자로 선정이 되었고 6·25~27일까지 금강산에서 아버지를 만날 수가 있게 되었다.

준비는 어떻게 할 것인가? 무엇을 준비할 것인가 막막하다. 아무 데도 도움을 청할 만한 데가 없다. 통일부, 대한적십자사, 국정원 등 홈페이지를 다 뒤져봐도 도움될 만한 자료는 없다. 특히 비용에 관한 자료는 전혀 찾을 길이 없다.

안내서가 배달돼왔다. 일정표와 준비해가야 할 품목, 환전 요령 등이 들어 있고 속초 오는 길 안내가 첨부돼 있었다. 선물은 새 것만 할 수 있고 포장되는 약품이나 설명서가 있는 것은 개봉하지 말라고 한다. 참가비용은 예금계좌로 입금하라고 하여 5명분을 송금했다.

날짜는 하루하루 다가오는데 막상 뭘 어떻게 준비해야 할지 모르겠다. 만나면 서로 할 말은 많을 텐데 이 사람 저 사람이 묻고 답하자면 중구난방이 될 것 같아 차라리 문서화시키는 편이 간단명료할 것 같다는 데 중지를 모았다. 그렇다면 뭔가? 당신이 가장 궁금해할 것이 무언가? 당신이 떠난 후의 가족 상황, 주변 인물들의 생사이겠지. 그런 이야기들은 일목요연하게 도표를 그려 문서화시킴으로써 시간을 벌자. 말로 하면 제대로 전달도 안 될 것이고 집에 돌아가면 금방 잊어버리기 쉬울 테니까 가서도 볼 수 있게 기록하자.

내용

1. 우리가 살아온 사연을 적은 편지 2. 가계도 3. 사진

우리가 아버지에게 물어볼 내용과 아버지에 대한 확실치 않은 일들을 직접 물어 확인하기로 하고 질문서를 작성하고 20문항을 확정하였다. 헤어지는 날 말로 다하지 못하고 헤어질 것만 같아 미리 이별편지도 준비하기로 한다.

선물 준비는 쉽지가 않다. 아버지는 누구와 사는지 가족이 있는지 없는지 거동은 불편함이 없는지 체격은 어떤지 전혀 아는 것이 없다. 일단은,

1. 남자 내의 3벌, 여자 내의 2벌, 러닝셔츠와 팬티 5벌, 양말 10켤레, 여자용 스타킹 10켤레, 손수건 10장, 체육복 2벌, T셔츠 3장, 필기구 세트 5종, 수성볼펜 20자루. 2. 화장품 3. 상비약 및 영양제 3. 미화 1천 달러 4. 금반지 10개 6. 선물 담아갈 가방 7. 가방 운반용 손수레 8. 파라솔 9. 자료집 넣을 손가방 10. 차도자기 세트와 우전 한 봉지 11. 앨범

이렇게 마무리지었다.

24일 5시 10분. 집을 나서 홍천을 경유해 미시령을 넘어 정오쯤 한화콘도에 도착했다. 북에 가족을 만나러갈 사람들이 많이 와 있었고 경찰이 교통정리를 하고 있었다. 적십자사 자원봉사자들이 안내를 했다.

외환은행 임시 환전소에서 북에 갈 때 환전 관계를 물어보니 그동안 자기들이 듣고 경험한 정보들을 자세히 설명

해주었고 1백 달러권을 소액환으로 바꿔주었다. 암시장에서 쉽게 환전하기 위해서는 1달러 5달러 10달러짜리가 편리하다고 한다.

2시쯤에 경광등을 단 에스코트 차가 들어오고 뒤에 버스 여러 대가 따라들어오는데 옆에 '이산가족상봉방문단'이란 현수막이 부착돼 있었다. 내리는 사람들은 다 양복을 입었고 여자들도 정장 차림이라 북한을 다녀오는 앞 팀인가 생각하고 그곳 정보라도 좀 얻을까 다가가 물어보았으나 우리와 함께 갈 기관원들이라 한다.

오후 3시. 우리 가족 방북 신청자 5명이 다 도착해 접수처에 신고하고 가지고 간 선물가방은 접수하면 명패를 달아 화물차로 별도 운송한다고 한다. 우리 가족은 77번 명패를 받았고 오늘 묵을 숙소는 6366호로 배정되었다.

오후 5시. 강당에 집합, 안보교육이 실시되었다.

1. 금지품 : 도서, 인쇄물, 음반, 비디오테이프, 관공서 발행 서류, 2백 밀리 이상 망원렌즈, 핸드폰. 2. 사용해선 안 될 단어나 행동 : 아가씨라는 호칭(안내원 또는 접대원 선생), 북한 남한(북측 남측). 버스 이동 중 사진 촬영. 3. 유의사항 : 상봉 시에 장군님에게 전할 충성편지를 써줄 것을 요구하면 다른 말로 돌려 피하고 막무가내 요구하면 안내원 지원을 받을 것. 타인에게 편지 전달을 요구하거나 받는 등은 불가. 질문에 답하지 않을 땐 강요하지 말 것. 술은 적당

히 마시되 북한 술은 독하니 실수 없도록 할 것. 4. 환율 :1달러 당 공식 153원, 암시장 2천~3천 원. 5. 북한인의 월급 3천원(평균)~6천 원. 개성공단 근로자 월급 57.5달러. 6. 물가 : 시장가격 쌀 1kg 900원. 밀가루 950원. 돼지고기 1kg 2천~2천3백 원. 7. 공식 행사 시는 정장 또는 한복을 입을 것. 8. 선물 전달은 개별 상봉장에서 할 것. 9. 삼일포에서 사용한 돗자리는 주고 올 것. 10. 이동시 한화콘도에서 남측 CIQ까지는 30호차, 금강산까지는 16호차. 11. 개별 상봉 장소 : 해금강 호텔 606호. 12. 금강산에서의 숙소 : 해금강 비치호텔 1동 307호.

질문과 답을 함으로 교육 끝.

그 자리에서 저녁식사를 하는데, '이번이 이산가족 상봉 마지막'이라는 이야기들이 오가는 소리가 들렸다. 그러잖아도 북한에서 미사일 발사를 한다고 해서 이번 상봉단조차도 가게 될지 못 가게 될지 불안한 가운데 식사를 마쳤다.

숙소로 돌아와 마지막 점검에 들어갔다.

1. 각자 소지품 점검. 카메라 확인. 휴대폰은 가방에 넣어두지 말 것(회수 보관). 2. 자료집을 고모들과 오빠에게 공개하고 설명을 할 때는 듣기만 하고 말하지 말 것. 질문서에 추가할 것이 있는지 의견을 물어보았다. 3. 상봉장에서 기자들의 질문에 내가 확실하게 본 것 외에는 대답하지 말 것(우리가 주고 받아야 할 말도 많은데 시간 방해가 되고 고모

들은 기자들의 질문에 짐작으로 대답할 가능성이 많아 사전에 차단이 필요함). 4. 행사장 주변에는 남북 관계자가 있으니 행동과 말 실수가 없도록 자체 실습도 함(실수가 많아 꾸중도 하였다). 5. 이번에 아버지 만나고 나면 다시는 만날 수 없으니 미련을 남기지도 주지도 말자고 다짐도 했다.

우리 고모들은 자기 오빠 만나려고 가는 길이 옆 동네 여행 가는 정도로만 생각하고 아무 준비 없이 가볍게 나서서 왔다. 이곳에 와서야 주위의 분위기와 다른 방문자들이 준비해가지고 온 것을 보고서야 뭔가 감이 잡히는 것 같다.

살아온 사연편지를 읽어줄 때는 고모들이 울었다.

아버지!

내 나이 60살에 처음으로 아버지를 불러봅니다.

나는 큰딸 영순이고 초등학교 선생입니다. 지금까지 나는 과부 딸로 살아왔는데, 나도 아버지가 있습니다. 참 좋습니다. 무척 기분이 좋습니다.

아버지와 이별한 후로는 기다림으로 살아왔습니다. 가족 모두가 그랬습니다. 할아버지는 항상 동산에 올라 신작로만 보고 아들을 기다리며 하루를 보냈습니다.

나는 어린 시절 할아버지 할머니의 사랑을 받으며 살았습니다. 어머니를 나는 자주 볼 수가 없었어요. 가족들의 양식을 구하기 위해 새벽에 장사를 하러 나가고 밤중에 돌아오니 얼굴을 볼 수가 없었습니다.

오빠를 중학교에 입학시키기 위해 어머니는 읍내로 오빠를 데리고 방을 얻어나갔습니다. 나는 할머니하고 살았지요. 의복과 학용품은 외갓집에서 마련해주어서 공부할 수 있었습니다. 우리 남매는 외가의 신세를 많이 졌습니다.

4학년이 되어서야 나는 어머니 오빠와 함께 살기 시작했습니다. 거창초등학교로 전학을 했지요.

할아버지 회갑 때 어머니는 두 분의 수의와 친척 어른들에게 선물할 의복을 밤새 바느질하며, 나는 너의 아버지가 못한 일들을 대신해서 가족들의 생계와 시동생 시누이 결혼도 시켜야 한다고 하셨습니다. 무엇보다도 시어른들이 자식 문제로 마음 아파하실 때가 가장 민망하고 죄스럽다고 하셨습니다.

내가 5학년 봄에 할아버지가 별세하셨고 장례는 맏상주가 돌아오지 않아 하지 못하고 토감을 하였다가 할머니가 별세하시고 그때 장례식을 하였습니다.

장례 때 어머니가 통곡하시는 것을 처음 보았는데 너무나 슬피 울고 또 우시었습니다. 어린 우리들 앞에서는 눈물을 보이지 않았습니다.

그해 6월에 큰 불이 나 온 동네가 전부 소실되고 우리 집도 타버려 가족들이 여기저기 흩어져 살게 되었고 그 후 우리들은 고향을 떠났습니다.

외갓집과 표현태 아저씨의 도움으로 중고등학교도 진학할 수가 있었습니다. 여러 어른들의 도움으로 우리 남매는 성장하여 오빠는 철도청 공무원이 되었고 나는 초등학교 교사가 되어 개명국민학교에 첫 부임하였습니다. 할머니가 최고로 좋아했습니다.

나는 할머니와 어머니하고 고제 땅골에서 함께 살다가 할머니 별세하고 다음해 27세 때 전은택과 결혼해 시댁으로 들어갔고 어머니는 오빠가 있는 울산으로 가서 살고 있습니다. 나는 1남1녀를 두었고 아들 민영이는 고등학교 교사이며 대학원에서 석사과정 공부도 병행하고, 딸 영진이는 일본 대학원에 유학하고 귀국하여 진상철과 결혼하였습니다.

상제 숙부는 김해에 살다가 별세해 공원묘지에 안장하였으며 3남2녀와 숙모가 김해에서 살고 있습니다.

병제 숙부는 생사를 몰라 사망으로 보고 집안에서 의논하여 상제 숙부의 2남 종일이를 양자로 삼아 제사를 지내고 있습니다.

큰고모 내외분은 별세하셨고 우리 식구들을 위해 많은 애를 쓰셨습니다. 슬하에 4남매를 두었습니다. 둘째 밀량이 고모는 3녀를 두었고 고모부는 별세, 현재는 강원도 인제에서 살고 있습니다. 셋째 문정이 고모는 8남매를 두었고 거창에 살고 있으며 고모부는 별세하셨습니다. 넷째 계임이

고모는 4남매를 두었고 두 분이 북상에서 살고 있습니다.

외가의 숙부와 숙모는 모두 별세하셨습니다. 외숙부는 언제나 과수원에서 서변리 신작로만 멍하니 바라보았습니다. 자손들은 거창과 서울, 부산 등에 살고 있습니다. 막내 외숙은 생사를 알지 못합니다.

나는 결혼식 때 아버지 손을 꼭 잡고 입장해야 되는데 그렇게 못해 내 마음이 많이 아팠습니다.

1995년 여름휴가 때 우리 가족이 일본 여행을 2주 동안 다녀왔는데 동경 시내와 니코, 동궁, 아다미 등을 여행하면서 행여나 내가 밟는 여기가 아버지의 발자국은 아니었을까 하고 기대도 했었지요.

그 뒤에도 중국 남쪽 상해, 항주, 소주 지방을 다녀왔고 2002년에는 일본 구주를 일주하였습니다. 2003년에는 영국, 프랑스, 이탈리아, 독일, 스위스 등지를 여행하면서 어머니가 고생하면서 공부시켜준 덕으로 이러한 여행도 할 수 있구나 하고 어머님께 감사했습니다.

내가 첫아이를 출산한 후 어머니가 오셔서 아버지가 나간 후의 이야기를 처음으로 들려주셨습니다. 자기가 무풍에서 장수까지 아버지 시신이라도 있는가, 확인하고자 덕유산 골짜기를 돌더미 하나, 낙엽 하나까지도 다 뒤져보았다고 하십디다.

어머니는 애들처럼 무지개를 참 좋아하고 동경하시었지

요. 무지개 뿌리 타고 하늘로 갈 수 있제? 묻곤 하셨는데 마음속 꿈은 아버지를 만나서 행복을 찾고자 했던 것 같습니다. 어머니는 아버지를 80세가 넘어서도 꼭 귀가하실 거라 믿고 기다리고 있었습니다.

지금은 병원에 입원 중이십니다. 부부가 상봉하기가 불가능하여 이 딸은 한이 맺힙니다. 3년 전이었으면 두 분이 만나 손을 꼭 잡고 여보 수고했소, 미안하오, 하는 말을, 이 말 한마디를 주고받았을 수 있었을 텐데 세월을 잡을 수가 없었네요.

나는 건강이 좋지 못하여 큰 수술을 두 번이나 하여 무리한 일이나 여행은 자제합니다.

1991년 조부모 산소에 상석을 놓으며 조상님들을 돌보지 못한 우리 아버지를 용서해달라고 오빠와 저는 빌었습니다. 그날 어머니는 자기가 못한 일을 이제야 자식들이 해주었다며 무척이나 좋아하셨습니다.

아버지! 7남매의 가계도와 가족 사진을 가지고 왔습니다. 두고 보십시오.

이것이 우리 가족이 지금까지 살아온 사연입니다. 아버지가 살아온 길도 매우 궁금합니다. 자세히 들려주시기 바랍니다.

2006년 6월 24일 딸 영순

25일 아침 우리가 타고 갈 버스에 올랐다.

"여보 잘 다녀와."

남편의 배웅을 받으며 출발. 낯설고 두려운 길이다.

나는 네 살 때부터 아버지가 죽고 없는 줄 알고 살았다. 우리 아버지는 살아 있었고, 아버지가 먼저 우리를 만나보고 싶다고 해서, 그분을 만나러, 북한 땅 금강산이 있는 온정각 77번 테이블에서, 북한에 살고 계신다는 우리 아버지가 들어오기를 초조하게 기다리며 서 있다. 얼굴 한번 본 적 없는 아버지. 이름뿐인 아버지.

56년 만의 첫 만남.

이번 만남이 내 생애 처음이고 마지막이 될 것 같아, 서로가 궁금하고 모르고 살아온 그동안의 소식을 빠짐없이 전하고 내가 모르는 아버지의 일들을 듣고 물어보고 또 알고 있는 미심쩍은 내용은 확인하기로 하고 만반의 준비를 해가지고 왔다. 그런데도 뭐가 이리 미흡한 느낌인가.

56년 간의 준비기간이 있었는데도 아무런 준비가 돼 있지 않다.

오후 3시. 북측 안내원을 따라 77번 명패를 달고 오신 분이 바로 87세의 내 아버지였다. 함께간 고모들은 쉽게 자기 오빠를 알아보았다. 서로 인사를 나누고 자리를 잡았다. 물론 울고불고 하였다. 주변엔 양측 안내원들과 기자들이 서 있었다. TV에서나 보던 광경의 주인공이 나라는 게 실감나지 않는다.

"어찌 너희 엄마만 오지 못했느냐?"

"병원에 입원해 있어서 오지 못했습니다."

"내 평생 소원이 너희 엄마 손잡고 '그동안 너무나 고생만 시켜서 미안하다'고 용서를 구하는 이 말 한마디를 해야 죽어도 눈을 감을 것 같았는데 내가 너무 염치가 없구나. 나는 너희 엄마가 소식 들었으면 기어서라도 올 줄 알았다."

엄마는 지금 치매인 걸요. 치매가 어떤 병인지 치매 걸린 부모를 둬보지 않은 사람들은 이해할 수 없을 것이다.

"아버진 어떻게 지내셨어요?"

"나는 당과 장군님의 배려로 잘 살고 있단다."

봉투에서 아버지가 받은 훈장을 꺼내놓았다. 모두 일곱 개였다. 이때 북측 기자가 카메라 플래시를 터뜨렸다.

"아버지, 잘 알고 있습니다."

나는 준비해간 자료집 한 권을 아버지 앞에 내놓았다. 이때 또 반대편에 섰던 기자의 플래시가 터졌다. 그동안 우리들이 살아온 사연을 적은 편지, 가계도, 할머니 사진, 아들 가족 사진, 딸 가족 사진, 동생 가족 사진, 고향 동네 사진, 선산 사진, 옛날 사진 등으로 구성된 소책자였다.

돋보기를 전해드리자 자기 주머니에서 가지고 온 안경을 꺼내놓았다. 내가 점검을 해보니 별 신통찮다. 내가 새것을 드렸다. 또 확대경을 손에 쥐어드렸다.

"잘 보이는구나."

"그렇지요? 집에 가서 자세히 보세요."

내가 아버지 오른손에 가지고 간 시계를 채워드리며 '요즘 젊은이들이 차는 최신 시계'라고 말씀드리자, 왼손에 찬 시계를 보여주며 장군님이 주신 스위스제인데 이것도 좋은 것이라고 말씀하신다. 입고 있는 옷이나 신발, 차고 있는 시계 같은 것들이 하나같이 새것이다.

"거기서 주신 것들은 집에 갈 때 되돌려주고 가셔야 할 거예요."

"아니야. 하라고 준 것인데…."

"…."

"너희들은 어떻게 사느냐?"

안부로 시간을 보낼 때가 아니다. 이런 시간을 줄이기 위해 자료집을 만들어오지 않았던가?

"아버지 이 자료집 표지에 보이는 이 사진은 저의 시비입니다. 어머니를 그리며 쓴 시인데 한번 읽어보세요."

외갓집 과수원을 시비공원으로 만들었는데 거기 세운 '내 시비'라는 이야기를 한다. 그러나 시비가 무엇인지 그 말을 잘못 알아듣는다.

"우리가 살아온 내용은 이 편지에 다 적혀 있습니다."

아버지는 그저 멀뚱히 계신다. 자료집을 한 페이지 넘겨

가계도와 사진 설명을 해주었다.

"이것은 할아버지 아래의 자손, 아버지의 7남매 가계도입니다. 아버지와 숙부 아래는 아들 딸 며느리 손자 손녀 외손자 외손녀 손부 증손자 이름까지 다 기록돼 있습니다. 다음은 할머니 사진, 아들 가족, 어머니 사진, 딸 가족 사진, 딸 사진, 동생들 가족 사진이 다 있습니다. 숙소에 가지고 가 읽어보시면 다 알게 됩니다. 의문점이 있으면 나중에 물어보세요. 사진에 이름도 다 적혀 있습니다."

"알았다, 그렇게 하마."

자료집을 준비하여 간 손가방에 넣어 앞에 놓아드렸다.

"아버지의 살아온 일들은 자식들과 동생들이 물어보겠습니다."

"그래 물어보아라."

이 무슨 단답형 취조인가 싶었지만 시간을 잘 활용하기 위해 미리 각본을 짠 대로 고모들이 먼저 궁금한 점을 물었다. 시시콜콜한 어린 시절의 추억들이다. 비교적 기억들이 일치하는 것 같다.

"이거 순희가 해준 것인데…."

이야기가 한 순배 돌자 아버지는 끼고 있던 보청기가 거추장스러워 빼면서 순희가 해주었다고 하신다. 북측 안내원이 다가와서는 귀에 가까이 대고 말하면 다 알아들으십니다, 하고 말한다.

이젠 내 차례다.

"북쪽에 아버지 가족이 있습니까?"

"있다."

가족 사진을 몇 장 꺼내 테이블 위에 올려놓는다.

"부인의 친정은요?"

"황해도 황주군이다."

"이름은요?"

"림봉녀, 2003년에 사망하였다."

"살고 계시는 주소는요?"

"황해남도 벽성군 벽성읍 184반이다."

"자녀는 몇 명이나 있나요?"

"육남매가 있다. 1남5녀야."

"이름하고 나이는요?"

"첫째 딸 명희 55세 중학교 교사(사위 한정인 부재공장 직장장), 둘째 딸 순희 50세 시장 지배인(사위 민병남 이동 사업소 지배인), 셋째 딸 형숙 47세(사위 조용욱), 넷째 딸 현옥 44세(사위 정성호), 다섯째 딸 정희 40세(사위 리정수 : 잘 기억나지 않아 다음날 기억), 여섯째 아들 동철 34세 양정사업소 지도원(며느리 민정옥, 손자 2명 승묵, 정묵이 이름도 잘 기억나지 않아 마지막 날 기억해내었다)이다."

"둘째 숙부는 생사 확인자 명단에 없던데 아버지는 생사를 알고 계세요?"

"그래, 평양에 살다가 환갑되던 해인 1983년 7월 30일에 고혈압으로 죽었다. 평양 건설사업소에서 지도원을 했지."

"주소는 아세요?"

"평양 삼석구역 원심리 17반이다."

"그러면 병제 숙부도 새 숙모와 자식들이 있나요?"

"있다, 오남매다. 숙모 서정숙, 장남 동근, 차남 종명(35세), 딸 동화, 명화, 옥화이다. 둘째를 종명이라고 이름을 지어 내 큰아들이 종명인데 같은 이름을 지어서 되겠느냐 했더니 몰라서 그랬다면 이름을 바꾸려고 했지만 못 바꾸고 죽었다. 고제서 함께 살 때 종명이를 형구라고 불러서 종명이가 큰조카 이름인 줄 몰라서 그리됐던 것 같아."

"자주 만나지 못했던 모양이지요?"

"그렇다. 이번에 가족상봉을 할 수 있다는 소식을 전해듣고 병제 생각이 나 일주일동안 울었다. 살아 있었으면 같이 만날 수 있었을 텐데."

"우리는 아버지가 세상 떠나신 줄 알고 오빠가 제사를 모시고 있고, 병제 숙부는 상제 숙부의 둘째 아들 종일이를 양자 삼아 제사를 모셨어요."

아버지가 가지고 온 사진 한 장을 보여주신다.

"병제와 찍은 사진이다."

빛바랜 사진. 그러나 형제는 다정하다.

"이것은 이번에 여기 온다고 아이들과 함께 찍은 사진이다."

순희 동철 형숙 현옥 나 정희…. 아버지가 설명을 하신다. 다음 것은 아들 며느리 손자 나…. 이것은 독사진, 훈장 7개를 단 사진이다. 또 한 장은 북쪽 아내와 찍은 사진이다.

"첫째 명희는 황해북도에 살고 있어 사진 속에는 없다."

아직 상봉 소식도 모른다고 하였다. 모두 다섯 장의 사진으로 북측 가족이, 새로 생긴 가족이 소개되었다 .

"막내 외삼촌도 북에 살고 있어요?"

"나도 모른다. 너희들도 모르느냐?"

"우리는 아버지는 알고 있는 줄로 알았는데요?"

"예명이 건민이다. 나는 너희들은 알고 있는 줄 알았다. 후퇴 때 못왔구나. 어릴 때 엄마가 일찍 죽어 젖을 제대로 먹지 못해 체격이 작았다. 장가도 못 갔는데 이름이 재구다."

작은 외삼촌은 생사를 모른다 한다. 그런데 어떻게 외숙부는 늘 이 동생을 그렇게도 못 잊어 했든가? 평양방송국에 근무한다는 소식을 들었다면서 이산가족 확인 신청도 제일 먼저하셨다. 외숙모는 이 시동생을 친동생처럼 아껴 일본 유학시절 학비 조달이며 광복 이후 서울생활 때 간장병을 싸들고 그 집을 찾았던 이야기를 빼놓지 않고 했었다. 이야기로만 들은 사실이지만 어머니도 그때 함께 상경했었다고 했다. 당시는 아버지도 그 외숙과 함께 살았다고 했다. 그렇게 지내던 사람의 소식을 모르다니?

"표재형이는 사리원시 공장지배인을 하다가 사리원시장을 했다. 부인은 월북을 하다가 다리를 다쳐 두 다리를 절단해 당에서 개인 주치의를 붙여주어서 함흥에서 유치원 원장을 하고 있다. 재형이가 부인이 월북을 한 걸 알고 찾아갔는데 부인이 자기가 불구라 생활할 수 없으니 새장가 가라고 해서 쌍둥이와 육남매를 두었다."

이 부분에 대해선 엇갈리는 점이 좀 있다. 재형이 아저씨는 남로당 핵심 간부였고 육이오 당시에는 경남도 대표였었다고 했다. 다른 이들의 이야기를 종합해보면 둘 다 월북하였고 아주머니는 그간의 공로를 인정받아 김일성대학을 졸업하였다. 졸업식장에서 축사를 하러온 남편을 만나 상봉이 이루어졌는데 이미 딴 사람 만나 결혼한 상태라 각기 다른 가정을 이룰 수밖에 없었다고 했다. 사실 여부는 차치하고 두 사람 다 대우를 받는 자리에 있었다는 것은 확실한 것 같다. 여기서 태어난 형제들이 신흠이 오빠에게 돈을 요구해온다는 이야기를 들은 적이 있다.

"계임이 고모의 시부모와 형제가 북쪽에 살고 있다는데 성함이 임용해라고 하는데 아버지는 알고 계세요?"

"잘 알고 있다. 황해북도 황주에서 도서관장을 하고 있다가 죽었다. 큰동서가 하철석이고 고제면장을 지냈고 작은 동서가 유영시다. 그도 고제면장을 했다. 나와 같이 면사무소 근무를 했었지. 황해북도 황주면에 살았는데 지금도 살고 있을 것이다. 내가 집에 돌아가면 몸 좀 추스르고 찾아가 사돈이 되었다고 인사를 해야겠구나. 내가 가서 소식을 전하마."

"또 소식 전해줄 만한 사람이 있어요?"

"네 외외가가 거창 신 씨, 너의 엄마 외사촌이 북에 살고 있다. 살아 있다고 전해주어라."

궁금했던 사람들의 생사를 대충 확인했다.

"이산가족 생사확인 신청은 언제 하셨어요?"

"사월 말경에 하라고 해서 했다. 그런데 병제 처는 어떻게 되었느냐?"

"혼자 살고 있지요."

"이 일을 어떻게 하느냐? 마음이 아프다."

아프다는 말 한마디로 그간의 세월이 보상될 수 있을까? 서로 간의 말 못할 시간들은 그 어떤 위로로도 보상되지 않을 것이다. 아버지는 오른손에 채워준 시계를 슬그머니 풀어 탁상 위에 놓는다.

"아버지 이 시계는 차고 있다가 안 가면 버리세요. 십 년은 갈 거예요."

내가 다시 시계를 채워준다.

"내가 십 년이나 더 살겠느냐?"

서로 간의 할 말을 잊는다.

“이 자료집은 가지고 가셔서 천천히 보세요.”

“알겠다.”

곧 대화가 단절되는 느낌이다. 무언가 대화를 해야 한다. 이 아까운 시간을 침묵으로야 보낼 수 있겠는가?

“아버지가 남쪽에 살고 있을 때 학교는 어디를 다니셨어요?”

“일본 동경에 공부하러 갔었다. 졸업은 못했지.”

“직장은 어디에 다니셨어요?”

“왜정 때에는 면사무소에 근무하였다. 그때 너의 큰삼촌 병제가 일본 북해도에 징용 가서 있었는데 그곳에서 탈출시켜야 될 것 같아 편지 속에 우표 두 장을 넣어보내며 우표 뒤에 내가 잘 알고 지내던 일본 사람 주소를 적어주어 그 주소지로 도망나와 집으로 돌아오게 하였다.”

“그 다음은요?”

“거창에서 부산일보 지국장을 하였다.”

“서울 가서는 무엇을 하였어요?”

“영등포에 있는 고무공장엘 다녔다. 집은 황금정(을지로 수도극장 부근)에 있었는데 나는 매일 출퇴근할 수 없어 공장 숙소에 주로 있었다. 처음에는 공장 건물관리를 하다가 생산관리 업무를 하였다. 그때는 반탁운동을 하고 다니며 월급을 다 써버려 집에는 양식과 돈도 갖다주지를 못했다. 너의 삼촌이 둘이나 있었는데 너희 엄마가 고생을 많이 하였다. 너의 외삼촌 재구가 미 군정청에 다니면서 받은 급여로 우리 식구들 양식을 대주었다. 재구는 경성대학에도 다니고 있었다. 나는 외세가 싫어서 퇴근 후에는 반탁운동을 하고 다녔는데 야간에 친탁운동원들한테 테러를 당해 동대문에 살던 종주네 집에서 숨어 치료를 받았다. 너의 삼촌들도 운동원들 따라다니다가 서대문형무소에 잡혀가기도 하였다. 치료 후에는 고향에 내려가 주상 사람하고 둘이서 농사지도 원예작물재배 종자개량하는 농촌계몽사업을 하였다. 나는 고제를 담당하였다."

이때가 바로 외숙모가 말하던 서울생활이었구나. 외숙모의 이야기를 빌리자면 미 군정청에 다니던 시동생이 주는 양주를 '대꼭바리만 한 잔에 딱 한 잔' 얻어마셨는데 이부자리에 지도를 그렸다고 했다. 그 이야기 속에 등장하는 아버지는 반탁운동가였으며 신출귀몰한 영웅으로 친탁운동가들한테 테러를 당해 피투성이가 돼 돌아오면서도 그 일을 그만두지 않은 열성분자였다. 이 노인의 어디에 그런 엄청난 열정들이 숨어 있었을까, 그리고 그 보상이란 게 대체 뭐였을까, 지금도 그 신념에 대한 정당한 대가를 받고 있다고 생각하는 것일까?

"월천 처가에 들락거리며 처남들에게 사상이 물들어 집을 나가셨어요?"

"아니다. 처가 사람들과는 아무 상관이 없는 일이야. 내가 서울에 있을 때 외세가 싫어 운동에 가담하였다. 너희 엄마가 나로 인해 마음고생이 심했겠다. 특히 시어머니 성격상 너의 엄마에게 구박이 심했겠구나. 엄마에게 전해라. 앞으로는 마음고생하지 말라 해라."

이제 좀 더 개인적인 문제를 물어볼 때다. 내가 늘 궁금하게 여기고 있던 아버지의 청춘이다.

"내가 쌍봉학교 있을 때 소사재에 분교가 하나 생겨 그곳에 갔었는데 그 동네 어른들이 나를 산양 살던 아버지 딸인 줄 알고서는 웃으며 저 집이 박 선생 작은댁이 살던 집이야 하며 자주 들락거렸다 하던데요? 하철식이하고 거기 자주 들락거렸어요?"

아버지는 웃기만 하고 대답이 없다.

이미 지난 세월인가? 젊어 한때를 상상한다는 것만으로도 가슴 설레리란 생각은 못된 딸년의 쓸데없는 시샘에 지나지 않는 모양이다.

"왜 집을 떠나게 되었는데요?"

"고제면 책임자가 변절해 나를 모함하여 도저히 고향에 있을 수가 없어 잠시 피해 있다가 오겠다고 아버지에게 말씀드리고 자고 있던 큰동생을 깨워 데리고 나왔다."

"왜 큰삼촌을 데리고 나가셨어요?"

"병제가 성격이 과격하여 물불을 가리지 않아, 집에 두면 우환거리고 집에 도움이 되지 않아 데리고 나왔다."

"어떻게 북한까지 오게 되었어요?"

"여러 사람들과 대전 쪽으로 가던 도중에 지리산으로 가자고 하는 것을 내가 가기 싫다고 하여 태백산 줄기를 타고 북쪽까지 오게 되었다. 오다가 충청도에서 표재영이를 잠시 만났었는데 그 뒤로는 만나지 못했다."

궁금했던 또 한 사람 외갓집 인물이 마지막으로 등장한다. 한마디로 이 외숙은 '툭깔스런 사람'이었다. 기운이 얼마나 센지 맷돌을 번쩍 들어 잡으러온 일본 순사 앞에 집어던지고는 도망을 갔다고 했다. 어릴 때 외갓집은 늘 이 어른들의 무용담으로 밤이 짧았다. 그러나 모두들 기둥뿌리를 뽑는 짓들을 해놓고는 바람처럼 사라졌다. 이제 그 이야기들의 주인공들이 어떻게 되었는지 생사를 확인할 기회다. 지구상에 어디에 이런 광경이 또 있을까.

"북에 와서는요?"

"처음에는 의용군에 가서, 나는 해주 근처에 근무하였고 동생은 강원도 근처에서 근무를 해 서로 소식을 모르고 있었다. 54년 제대하고 동생이 주소 찾는 곳에 가서 나를 찾아 만나게 되었다. 제대 후에 해주 공산대학을 졸업하고 군도시계획지도원, 건물관리소지배인, 건재공장지배인 등을 지냈고 인민회의 위원장을 해오다 85세 때인 몇 년 전에 은퇴했다."

"공산당원은 되었어요?"

"1954년에 바로 되었다."

시간이 다 되었다고 알려주었다.

"아버지 시간이 다 됐나봐요. 나중에 저녁만찬 시간에 다시 뵈어요. 쉬었다가 오세요."

첫 만남이 끝났다.

귀중한 두 시간이 지나갔다.

다시 두 시간이 지난 뒤 저녁만찬장에서 만난다.

북에서 온 가족들을 버스에 태우고 떠난다.

우리도 숙소로 돌아와 긴장을 풀지 못하고 두 시간을 기다린다.

"오늘 고모들 참 잘해줬어요. 중구난방으로 묻고 답하자면 아무것도 모르고 시간만 지나가요."

다시 한번 점검을 한다.

궁금한 게 있으면 지금 종합해뒀다가 한 사람이 차근차근 묻고 듣도록.

저녁 7시. 온천각 만찬장 77번 테이블에서 난생 처음 아버지와 같이 앉아 저녁밥을 먹게 되었다.

"아버지 천천히 많이 드세요."

"그래 너희들도 어서 들어라."

그 어느 누구도 음식에 손이 가지 않는다.

"쉬는 시간 너희 엄마 사진만 보고 왔다. 구석구석 젊을 때 모습이 다 남아 있더구나. 너의 엄마가 우리 집에 시집 와서 따뜻한 밥 한술 제대로 먹어보지 못했다 마음이 아프다."

이러면 안 된다. 감정을 바로잡아야 한다.

"아버지는 누구하고 살아요?"

"아들 며느리 손자하고 같이 산다. 며느리가 착해 나에게 잘해줘. 내가 술 좋아한다고 술을 담아서 3일에 한 병씩 주고 내가 좋아하는 간식도 자주 해준다. 당에서 주는 배급이 하루 쌀 6백 그램, 한 달에 돼지고기 2킬로그램, 생선 2킬로그램, 식용유 5킬로그램을 주니까 먹고사는 것은 넉넉해. 내가 지금까지 살아오면서 배고파보지는 않았다. 우리 아버지가 나에게 일을 가르치지 않아 펜대만 잡고 살았다. 내 손을 한번 만져보렴. 내가 삼 년만 더 살아 90세가 되면 백미 18킬로그램씩 더 받을 수 있다. 둘째 순희가 참 똑똑해."

"안 똑똑하면 내 동생 안 할 거예요."

"담배하고 필요한 건 순희가 다 해준다. 순희가 잘 산다."

"어떻게 잘 사는데요?"

"냉장고 선풍기 녹음기 텔레비전도 있다. 딸들이 나를 같이 살자고 하는데 내가 싫다고 했다. 아들이 있는데 왜 남의 집에 가서 사느냐?"

이제야 숟갈을 들어 국물을 뜬다.

"딸들은 어디에서 살고 있어요?"

"첫째 명희는 황해북도 황주에서 살고 밑에 딸들은 우리 집에서 2백 미터 거리 안에 산다."

"시장 지배인은 무슨 일을 하는 것입니까?"

"시장에서 세금 매기고 받는 일 등 모든 관리를 한다. 시장에 가면 없는 게 없이 다 있다."

"다른 딸들은 뭐하고 살아요?"

"농사짓고 살지."

"며느리는 뭐해요?"

"집에서 살림만 살지."

"사람들에게 인심은 잃지 말지요."

"아니야, 나 인심 잃지 않았어. 인민들의 투표에 의해서 위원장을 팔십다섯 살까지 했어. 벽성에 와서 박계남이 물으면 모르는 사람이 없어. 북쪽에 어린 처남이 하나 있는데 부모가 없어서 내가 데려다 공부시켰어. 의사가 되었는데 나를 부모처럼 생각하여 내가 사는 근처에서 살고 싶다고 원하여 가까운 데서 산다."

"왜 일찍 찾지 않았어요? 삼 년만 일찍 찾았어도 어머니도 오시고 작은삼촌도 만날 수가 있었을 텐데."

다시 국물을 한 순갈 적신다.

"북에서 앉은뱅이가 된 종군기자가 쓴 회고록을 읽었는데 거창 신원에서는 군인들이 양민을 학살하였고 고제에서도 지서와 면사무소가 불타서 양민들을 몰살시켰다고 해. 하나도 아니고 둘이나 월북하였으니 온 가족이 모두 죽고 없는 줄 알았다. 그 어린 것들까지 다 죽었겠구나 하고 생각했다. 이번에 이산가족 생사확인신청을 하고도 혹 시집간 여동생이나 한둘 살아 있을까 생각했고 설사 살아 있어도 그 산골짝에서 차비가 없어서 못 올 줄로 알았다. 아무도 오지 않을 줄 알았는데 너희들이 모두 살아 있고 이렇게 너희들과 함께 밥을 먹을 수 있으니 이제 나는 죽어도 한이 없겠구나. 너희들도 모두 잘 산다고 하니 걱정이 없다. 너희 엄마께 전해라. 어떤 고난이 닥쳐도 만날 때까지 꼭 살아남으라고."

들었던 숟갈을 놓았다.

"왜 황해도 벽성에서 살게 됐어요?"

"군에서 제대를 하고 나니까 자기가 살고 싶은 곳에 살라고 하기에 통일되면 빨리 집에 가려고 가까운 곳에 살기로 하였고 병제는 평양에 살고 싶다고 해서 평양에 살게 되었다."

"아버지, 우리 어머니를 사랑했어요?"

"집 떠난 이후로 너희 엄마를 잠시도 잊어본 적이 없다."

고모들이 이러다간 밥때 놓친다며 먹어가며 이야기하라신다.

"많이들 먹어라."

"아버지도 많이 드세요."

드디어 식사가 시작되었다. 간간이 먹어가며 이야기가 시작되었다.

"할아버지 할머니는 어디로 모셨느냐?"

"고제 우리 산에 모셨어요."

"사유재산이 인정이 되느냐?"

"예. 우리 논밭 그대로 다 있어요. 우리는 집이 세 채인데 지금 살고 있는 집은 사위 명의로 돼 있고 아파트는 외손자 명의로 돼 있고 서울에 있는 집은 내 명의로 돼 있어요."

"너는 서울에도 집이 있느냐?"

"예."

감이 안 잡히는 모양이다. 사유재산이 인정되느냐고 묻는 이에게 집이 세 채라는 말이 선뜻 이해가 될 리 없다.

"왜 나를 찾지 않았는데요?"

"딸이 있었는데 제일 보고 싶었지. 그런데 아무리 생각해도 이름이 기억나질 않아. 그런데 평양에 와서야 너희들이 온다는 것을 알았고 너의 이름을 모른다고 하니 다들 너를 유복자인 줄 알고 있다. 내 생각엔 너희들에게 아버지로서 아무런 도움도 주지 못해서 이번에 옷이라도 한 벌 해 입혀 보내려고 집에서 돈 만 원을 가지고 왔는데 평양에서 못 가지고 가게 해 평양에 있는 여관에 내가 집에서 입고 온 옷들과 같이 맡겨두고 왔구나."

아아. 이 하늘과 땅의 차이를.

"표정수 알지요?"

"알지. 재우 딸 아니냐?

"정수하고 동생 인흠이는 시인이에요. 이번에 시집하고 책을 가져오려했는데 인쇄물은 금지품이라 가져오지 못했어요."

"너희 외가에 과수원이 있었는데?"

"예. 지금은 과수는 다 베어버리고 시비공원과 풀밭을 조성하여 인흠이 오빠가 살고 있고 집 이름이 풀과나무의집이에요. 제가 드린 자료집 표지에 나와 있는 사진이 나의 시비인데 그곳에 있어요. 시를 보면 어머니의 삶을 그린 것입니다."

아버지는 시에 대해서 이해하지 못하는 것 같다. 뜨악한 표정이다.

시간이 다 됐다는 안내방송이 나온다.

"아버지 오늘밤에 편지 자세히 읽어보세요. 의문나면 내일 물어보세요."

"오냐, 알겠다."

계속되는 안내방송.

아버지가 속이 타는지 담배를 피워문다.

"아버지 담배는 해롭다는데 끊으시지요."

"아니다. 내가 열여덟 살에 담배를 배워 지금까지 피워도 괜찮아."

"아버지 내일 봐요. 안녕히 주무세요."

시간이 다 되었다고 마지막 안내방송이 나오고 안내원이 데리러왔다.

6·25일. 아버지와의 첫 만남은 끝이 났고 아버지는 자기 숙소로 돌아갔다.

다음날 해금강호텔 606호실 개별 상봉을 하는 방이다. 우리가 먼저 도착해보니 우리가 준비한 선물가방과 북측에서 준비한 선물가방이 도착해 있다.

북측 안내원을 따라 아버지가 가방을 하나 들고 들어오셨다. 아버지와 내가 탁자를 마주하고 앉았고 고모들은 침대 위에 앉았다.

"아버지 안녕히 주무셨어요?"

"머리가 터질 것만 같고 가슴이 터질 것만 같아 한숨도 자지 못했다. 네가 준 시계를 찼다. 밤에도 보이더구나. 이 돋보기하고 시계는 볼 때마다 널 생각하려고."

주머니에 넣어온 돋보기도 꺼내 보이신다.

"이것은 당에서 선물을 주더라. 술은 할머니 할아버지 산소에 한 잔씩 올리고 상제 숙부에게도 한 잔 올려라. 옷감 담배 액자 탁자보인데 하나씩 가져가렴."

준비해온 선물을 내놓는다.

그것도 당에서 마련해준 선물이란다.

"어제는 몰랐는데 오늘 밝은 데서 보니 네 얼굴이 많이 늙었구나?"

"아버지도 참, 내 나이가 몇인데요? 환갑이요."

어리광을 부려보고 싶다. 그런데 잘 되지 않는다. 한번도 어리광을 부려본 일이 없기 때문일까?

"내가 부탁이 하나 있다. 집에 가거든 병제 처한테 병제가 죽었다는 말은 하지 마라. 아무리 생각해도 마음이 너무 아프다."

"걱정하지 마세요."

"…."

이제 선물을 내놓을 차례다. 그러나 너무 비교되게 해선 안 된다. 너스레를 좀 떨어야 한다.

"아버지가 아들 딸 동생들 만나고 집에 돌아가면 동네 사람들 불러다가 잔치를 해야지요?"

"그래 잔치 준비를 하고 있을 것이다."

"누가 준비해요?"

"북측 아들 딸들이 하고 있을 거다."

"잔치 비용을 저희들이 조금 보태드릴게요. 달러를 바꿔 가지고 왔어요."

"그래? 달러면 미국 돈 아니냐? 나는 미국 돈은 보지 못했다."

"미국 돈을 보여드릴게요. 이건은 1달러 이것은 10달러 이것은 20달러에요."

"처음 보는구나. 1 쓰여 있으면 1달러고 10 쓰여 있으면 10달러구나. 100 쓰여 있으면 100달러구나."

"모두 1천 달러인데 잔치 비용은 충분히 될 거예요. 이 돈은 국가은행에서 바꾸면 1달러에 120원에서 200원 받을 수 있고 시장에서 암달러상에게 바꾸면 3,000원까지 받을 수 있대요."

"그런 곳도 있느냐?"

"예. 그러니까 아버지가 잘 모르면 순희나 동철이하고 의논해서 바꾸세요. 잔치 비용하고 아버지 용돈으로 쓰세요."

"그래 나이가 들면 주머니에 돈은 있어야 해."

동서고금을 막론하고 돈은 좋은 것이다. 아버지의 기분이 좋아지시는 것 같다. 만약 이렇게 줄 돈이 없는 이산가족들은 어떻게 해야 할 것인가?

"아버지 용돈은 어떻게 마련하는데요?"

"연금이 나오는데 내가 쓸 만큼은 나온다."

"아버지 일본서 녹차 마셔보셨지요? 이 찻잔은 외손녀가 할아버지 주신다고 직접 구운 것이지요. 대학에서 도예를 전공했어요. 찻잔 밑에 이름도 새겨 있어요. 녹차는 우전이라고 향이 좋은 고급품입니다."

"예쁘게 잘 만들었구나. 재주꾼들이 많구나. 윗대에는 없었는데."

아버지는 찻잔을 쓰다듬어본다.

"외손자는 일본대사관에서 주최하는 일본 노래 부르기 대회에서 1등을 하여 부상으로 일본 오사카 왕복 비행기표를 받았어요. 손자 재형이도 성악을 전공해 노래를 잘 해요."

"그래 좋구나. 아랫대에는 재주꾼들이 많구나."

"외손자는 제주도에 살아요."

"그곳은 겨울에도 춥지 않고 따뜻한 곳이 아니냐?"

"예. 맞아요. 나도 정년퇴직을 하고 나면 제주도에 가서 살까 싶어 텃밭이 딸린 집을 알아보는 중이에요."

"너도 아들 따라가 살려고?"

"예."

믿기지 않는 눈치다.

"상제 숙부댁 숙모하고 아들이 금반지 열 개를 사주어서 갖고 왔어요. 북쪽 동생들과 병제 숙부댁 사촌들에게 하나씩 나눠주세요."

"서정숙이가 나빠. 동생이 살아 있을 때에는 내 생일날에는 꼭 왔었는데 병제 죽고 나서는 아이들도 보내지 않아. 병제 죽고 나서는 나도 소식을 모른다."

이건 또 무슨 소린가? 원망에 찬 목소리 같다.

"아버지가 한번 다녀오시지요?"

"평양에는 잘 갈 수가 없어. 출입증도 있어야 하고."

그렇구나. 통행제한.

"그러면 며느리하고 아이들에게 선물로 하나씩 주세요."

"…."

"반지 두 개는 아버지 손가락에 끼고 나머지는 도자기 속에 종이로 싸서 넣을게요. 돈은 도자기 밑의 통에 넣었어요."

"…."

"아버지 다른 가방은 다 버려도 이 도자기 통과 자료집 가방은 꼭 집에 가져가야만 되어요."

"오냐. 내가 잘 건사해 갖고 가마."

"이것은 남한 돈인데 아버지 드려도 쓸 수가 없어요. 어떤 것인지 보기만 하세요. 나는 월급을 삼백만 원 넘게 받아요."

아버지는 신기한 듯 지폐를 만져보고 되돌려준다.

"그러면 쓰고도 남겠구나?"

"다 써요. 차도 있고 통신비도 나가고 외식도 해야 되고 사람들과 모임도 하고 축의금도 내야 하고 여행도 하고 병원도 가야 하고, 남으면 저축을 해요."

얼른 계산이 안 되는 모양이다. 그 많은 돈을 어떻게 다 써? 이제 돈 이야긴 그만하자.

"동생들 이름을 한자로 적어주세요. 그래야 족보에도 올리지요."

"한자를 안 쓴 지가 오래 되어서 지금은 쓸 수가 없구나."

글자를 잊어버리도록 한자를 안 썼단 말인가? 나는 문득 '얼음보송이'라는 말이 떠올랐다.

"다른 사진첩 하나 보여드릴게요. 외손녀가 할아버지 보여드리랍니다. 이것은 2002년 월드컵 때 응원하던 사진인데 서울 숙명여대대학원 다닐 때고 이것은 일본 유학할 때 학교 연구실인데 이걸 컴퓨터라고 해요."

"아, 이것이 컴퓨터라는 것이구나."

"아버지께 드린 편지와 사진도 모두 컴퓨터로 했어요. 컴퓨터 모르면 선생도 못해요. 아이들과 손자들에게도 배우라고 하세요. 컴퓨터 모르면 살아갈 수가 없어요. 이것은 결혼 사진, 호주 시드니 사진이고요. 중국 청진, 프랑스 파리, 이탈리아이고 이것은 제주도 지 오빠 사진인데 다른 것도 설명하는 글이 옆에 다 쓰여 있어요. 그리고 아버지께 드린 편지와 자료 사진첩은 물에 젖으면 다 지워지니까 조심해야 해요."

"이 사진첩 나주면 안 되나?"

"왜요?"

"북에 있는 아이들에게 자랑하고 싶구나."

"가져가셔도 괜찮으면 가져가세요. 아버지 드리려고 만

든 거니까요."

"고맙구나."

오빠가 겨우 사이에 끼어들었다. 그러고 보니 한 치 여유도 주지 않고 혼자서만 아버지를 독차지하고 있었던 모양이다.

"아버지 피아노 보셨지요?"

"나는 보지 못했다."

"우리 학원에는 피아노가 스무 대도 넘게 있습니다. 내가 가져온 앨범인데 보여드릴게요. 피아노학원 사진인데 앞에 차들도 우리 차입니다. 이것은 내가 받은 생활체육박사 학위증입니다."

"박사 칭호도 받았느냐? 좋은 일이구나."

"이것은 상석 사진 아니냐? 학생밀양박공종만지묘 배유인파평윤씨지묘."

한자를 읽기는 하는데 왜 쓰지 못한다고 했을까? 아예 한자를 폐지해버려서 사용하지 않아서일까.

"네. 할아버지 할머니 상석입니다. 어제 산소 사진을 보여드렸잖아요?"

"어제는 잘 몰랐다."

"…."

"내가 할 일을 너희들이 다 했구나?"

"…."

"던 터 할아버지 산소는 어디다 모셨느냐?"

"우리 산에 모셨다가 앞산으로 이장했어요."

"후사가 있느냐?"

"아들을 두어서 서울에서 잘 살고 있어요."

"그래 잘되었구나. 아들이 없어서 내가 큰아버지 댁에 양자로 가기로 돼 있었는데 내 소임을 다 하지 못해 항상 마음에 걸렸었다."

"…."

"상개명에 내 할머니 산소가 있었는데…. 자리가 참 좋은 곳인데 지금도 거기 있느냐?"

"…."

오빠는 중풍을 맞은 뒤부터 말이 어눌하다.

"네. 그대로 있어요. 내 시집 선산도 거기 있어요. 그곳에 내 자리도 있는데 석관으로 다 해놨어요."

내가 다시 끼어들지 않을 수 없었다.

"동철이하고 순희하고가 이번에 여기서 신청하여 만났는데 다음엔 너희들이 신청해주면 만나고 싶다하더라."

"예. 알았어요."

신청만 하면 다 만나는 줄로만 아는 모양이다. 얼마나 많은 사람들이 줄을 서 기다리는지도 모르는 것 같다. 소통이 없으니.

"우리 집 정원에 영산홍 가지에 새가 집을 짓고 알을 네

개나 낳았는데 꽃이 지고 나서 가지를 치고 나서는 그 못된 어미가 알을 돌보지 않고 도망가버려 지금도 그대로 있어요."

나는 엉뚱한 말을 했다. 준비해온 질문은 다 한 것 같은데, 그렇다고 대화를 단절시킬 수는 없다.

"집에 나무가 많은가보구나."

"예. 좀 있어요. 석류는 150개나 땄어요. 감나무에서 딴 감으로 곶감을 다섯 접이나 만들었어요. 어머니가 아버지는 곶감을 좋아하셨다던데."

이쯤에서 고모들에게 말할 수 있는 기회를 주었다.

"오빠, 사위 잘 보았어요. 사위가 똑똑해. 이번에 오빠 만나러 오는데 사위가 다 주선해주었어요. 딸이 잘 살아요."

"한번 만나보고 싶구나."

그렇게 될 수만 있다면 얼마나 좋을까. 무슨 세상이 이런 일이 다 있나? 이상한 나라에 와서 이상한 영화를 찍는 것 같다.

"할 수만 있다면 너희들 사는 것을 한번 보고 싶구나."

"우리도 아버지를 한번 모시고 가고 싶네요. 우리들이 사는 모습도 보여드리고 제주도 구경도 시켜드리고 싶어요."

결국 또 내가 말을 가로채고 말았다.

"내일은 이야기할 시간이 모자랄 것 같아 편지를 가방에 넣어뒀으니 집에 가서 읽어보세요. 동철이에게도 한 장 썼어요."

알았다. 내 조급증과는 달리 아버지는 차분하게 딴 이야기를 꺼내신다.

"너희 큰삼촌이 죽었을 때 동근이에게 통일되면 유골이라도 가져가 고향에 묻어주라고 하였다."

"아버지도 고향 땅 우리 어머니 옆에 묻히고 싶으면 동철이에게 고향에 묻히고 싶다고 유언을 하세요. 자리는 준비가 돼 있으니까요."

"내가 죽을 때는 문턱을 베고 죽어도 형구(아들) 집에서 죽고 싶구나."

"그렇게 할 수만 있다면 얼마나 좋겠어요?"

결국 이 이야기를 들으려 여기까지 왔던가?

"이번에 여기까지는 어떻게 오셨어요?"

"순희가 해주까지 데려다주었고 그곳에서는 도청 차로 평양까지 데려다주어서 평양에서 교육받고 여기까지는 버스로 왔다. 평양 여관에 집에서 입고 온 옷과 가지고 온 돈만 원을 맡겨두고 왔지. 돈은 못 가져왔어."

"가실 때는요?"

"평양까지 가서 마무리를 맺고 가야 하니까 너희들 주소 좀 내 수첩에 적어다오. 버스로 평양 가서는 도별로 나누어서 도청까지 데려가주면 도청에서 집까지 데려다준다."

"전화번호도 적어드릴까요?"

"아니다. 하지도 못할 전화, 전화번호 보면 애만 타지."

"너희들은 집에 어떻게 갈 것이냐?"

"우리는 올 때는 오빠가 자가용 차로 고모들 모시고 왔고 나는 우리 차로 속초까지 사위하고 왔어요. 사위는 같이 자고 우리 떠나는 것 보고 갔어요. 갈 때는 나는 양양에서 비행기 타고 가는데 김해공항으로 사위가 차 가지고 데리러 올 거예요."

나는 비행기표를 꺼내 보여주었다.

"이것이 비행기표예요. 양양에서 김해까지라고 적혀 있지요?"

"비행기표가 그냥 종이조각이구나?"

아아, 아버지. 비행기표를 뭐로 만드는 줄 알았어요?

"경지 정리는 잘 돼 있느냐?"

"논밭 구석구석 차가 다 들어가고 모내기 타작 등 농사일은 기계가 다 해요. 모내기는 한 사람이 기계 한 대로 한 시간에 논 다섯 마지기 심어요. 운반은 차로 하고요."

"여기도 기계 양 옆에 사람이 모를 얹어주면서 모심는 기계가 있다."

"빨래도 사람이 하지 않아요. 세탁기가 다 해요."

구석기시대 사람하고 이야기를 나누는 것 같다.

"너희들은 자주 만날 수가 있느냐?"

"네, 자주 만나요. 사람마다 개인 휴대전화기를 다 가지고 있고 집집마다 차가 다 있어서 만나고 싶으면 걸어다니면서도 전화를 해서 밤중에라도 만나요."

"…."

"아버지 바깥세상은 너무나도 달라졌어요. 동철이에게도 무엇이든 공부하고 배우라고 하세요. 다음에 그 아이들이 살아갈 세상은 너무나 변해 있고 다른 세상이에요. 컴퓨터는 전 세계의 소식이나 정보가 다 들어 있어요. 아버지가 사시는 곳을 알리기 위해 가지고 온 북한 지도도 컴퓨터에 있어요."

"오냐 알겠다."

더 듣기 싫은 모양이다. 한꺼번에 너무 많은 것을 들었다.

"벌써 시간이 다 되었나?"

"예. 점심때 금강산호텔에서 만나고 삼일포에서 만날 거예요. 아버지 나중에 만나요."

시간 끝.

북측 가족은 나오라고 안내방송이 나온다.

금강산호텔. 점심을 먹기 위해 아버지 오시기를 기다린다. 이제 좀 익숙해져 마치 여행이라도 온 느낌이다.

"아버지 여기예요."

"네 오빠는 어디 갔느냐?"

"화장실요."

아버지는 아들이 제일인가보다.

"아버지 식사 드세요."

"그래."

수저를 쥐어주었다. 그래도 오빠가 오도록 기다린다.

"어서들 먹어라. 많이 먹어라. 술도 한잔씩 하여라. 내가 따르마."

아버지가 자식과 동생들을 위해 술을 한잔씩 따른다.

"아버지 사시는 날까지 건강하세요."

"그래 너희들도 건강하고 어머니 잘 모셔라. 나는 너희들에게 아무 도움도 주지 못했고 아비노릇을 하지 못했구나. 잘 산다고 하니 걱정 없고 너희 공부시키느라 너희 엄마가 얼마나 고생하였겠느냐?"

아버지 이젠 그만하세요. 자책한다고 무슨 소용이겠어요.

"너희 엄마가 정신을 놓았느냐?"

"예."

나는 고개만 끄덕거릴 수밖에 없었다.

"올 여름방학 때 아이들하고 금강산에 올지도 몰라요."

"그래 잘 와서 다녀가거라. 나는 올 수가 없겠구나."

왜? 대체 왜 칼금보다 더한 금이 그어져 있어야 하는가? 무엇 때문에 우리는 다시 만날 수 없다는 것인가. 산아, 산아. 금강산아.

말없이 수저들이 오갔다.

식사는 끝이 났다.

오후에 비가 안 오면 삼일포로 소풍을 간다. 비 오면 곡예단 관람이다.

“좀 있다가 삼일포에서 만나요.”

제발 비야 오지 마라. 장마 기간이라….

다행히 비가 오지 않았다.

걸어서 삼일포로 소풍을 간다.

아버지의 얼굴이 밝아보였다. 북측에서 오신 분들과 담소하며 자식 자랑을 하고 있었다. 기분이 좋은 것 같았다.

아버지를 만나서 우리도 우리 가족끼리 오붓한 자리를 잡았다.

“여기 앉으세요.”

“이 돗자리 참 편리하게 만들었구나?”

적십자사에서 빌려준 돗자리였다.

“필요하면 가실 때 가지고 가세요.”

“가져가면 요긴하게 쓰지.”

적십자사에서 준 콜라를 따랐다. 이건 또 뭐냐? 이것도 처음 마셔보는 눈치다.

“아버지 북에서 준 가방은 자기들이 가지고 간대요. 그래서 이 도자기통을 가지고 왔으니 아버지가 직접 가지고 가세요.”

귀중품을 넣은 도자기통을 아버지께 직접 드렸다.

아버지는 손가락을 내밀며 헐렁하게 내려온 반지를 내보이며 말한다.

"얘야 이 반지가 빠질 것 같구나."

꼭 어린애가 투정을 부리는 것 같다.

"다른 손가락에 끼워 드릴게요. 집에 가서 안 빠지면 비누칠해서 빼세요."

"이제야 안 빠질 것 같구나."

손을 흔들어 보인다.

"다른 것은 다 버려도 자료집하고 이 도자기통하고는 꼭 집에까지 가지고 가셔야 되어요. 빼앗기지 마세요."

"오냐, 잘 건사해 가지고 가마. 내 걱정은 마라."

"선물 가방에 상비약하고 종합비타민도 있는데 큰 손녀 수정이가 샀어요."

"그래 고맙구나."

잠시 대화가 중단된다.

아버지는 이제 어린애처럼 기대시려 하는 것 같다. 아버지의 쓸쓸함이 느껴진다. 이대로 쉬게 할 수만 있다면 얼마나 좋을까?

나는 눈을 떼어 먼 바다 물결을 바라본다.

하얀 포말을 일으키는 수평선 너머로 갈매기들이 날고 있다. 저 날개가 부러운 순간이다. 이대로 한 무리 짝지어 날아갈 수 있다면. 그토록 아름답다는 삼일포도 우수에 젖은 날이다.

"아버지는 요즘 어떻게 지내세요?"

"집에서 쉬고 있지. 2년 동안 쉬면서 밭을 육백 평이나 일구었단다."

"그 밭에 뭘 심었어요?"

"강냉이 심었다."

"당에서 뺏어가지 않아요?"

"아니야. 내가 일군 건데 뺏어가지 않아."

"그 강냉이로 뭘 했어요?"

"쌀도 바꾸고 이웃과 나눠먹었지."

"손자들은 뭘 해요?"

"유치원 다니는데 가면 쌀밥과 고깃국 주니까 빠지지 않고 꼬박고박 잘 다닌다. 그놈이 똑똑하다. 글자도 깨우치고 있어."

고모들이 또 끼어든다.

"오빠가 장군 지고 동산 너머 밭에 가다가 넘어져 장군이 깨졌는데 어머니가 장군 깼다고 야단친 것 기억나요?"

"그래 그런 일이 있었지."

"오빠가, 아들이 다친 건 걱정도 안 하고 장군이 아들보다 소중하면 장군하고 살라고 하셨지요."

"그랬지. 우리 집 안채와 사랑채 사이에 우물이 있었고 작은 방 옆에는 감나무가 있었는데 그 감 맛이 참 좋았다."

"지금은 그 자리에 동주 큰아들이 새로 집을 잘 지어서 살고 있어요. 우물도 그대로 있어요."

지금이 회고담이나 나눌 때냐? 궁금한 게 너무 많다.

"아버지가 지금 살고 있는 집은 구조가 어때요?"

"방이 두 개, 창고가 두 개, 짐승 우리 한 개, 텃밭이 오십 평이다."

"짐승도 키워요?"

"지금은 비었다."

"왜요?"

오늘 예정된 시간은 끝났다.

아버지는 자기들 숙소로 돌아갔다.

아부지!

불러보지도 못할 줄 알고 있었는데, 만난다는 상상도 못 했는데 내게도 이런 행운의 날이 있었네. 불러도 보고 손도 잡아보고 얼굴도 보았으니 이제는 아무 미련도 미움도 없이 기쁜 마음으로 집으로 돌아가렵니다.

어머니께 이렇게 전할게요. 아버지 살아계신 것을 보고 왔으니 유골을 수습할 일도 없고 제사 모실 일도 없다고요. 아마 이 말을 알아듣는다면 저승에서 조상님 만날 면목은 있다 하시겠지요. 내가 더 이상 할 일은 없다 하실 것입니다.

아부지도 편하게 집으로 돌아가세요. 형제들도 자식들도

만나보고 궁금했던 소식 다 전해 들었는데 이제는 무슨 걱정이 있겠어요? 우리들도 다 잘 살고 있고 앞으로의 여생은 북에 가족들이 아버지를 사랑하고 잘 보살펴주리라 믿어요. 통일되어 자유왕래가 되면 아부지 만나러 올게요. 그때까지 건강하게 잘 살아요.

아부지.

나는 시집가서도 시어른을 아부지라고 부르고 살았다. 나도 아부지, 하고 부르는 것이 좋았는데 시어른도 웃고는 허용을 하셔서 그 후 어머이, 아부지라고 부르게 되었고 귀여움도 많이 받았어. 시어른은 그때 연세가 70노인이었는데 손자 보고는 즐거워하시던 기억이 새로워. 나는 시집은 참 잘 갔어. 집안이 아주 좋아서 친구들도 부러워하고 시샘도 받았거든. 아부지도 내가 시집 좋은 데 갔으니까 좋아?

지금은 마산에 살아. 30년 전에 이사 왔어. 사는 집은 정원도 있고 감나무 석류나무도 있어. 여름에는 매미도 울고 꾀꼬리도 찾아와. 참 좋아. 이 집에 오래 살고 있어. 작년에는 큰 수술하고 중환자실 병실에 있을 때 가족들이 헌신적으로 보살펴서 다시 살아났는데 그때 딸도 일본에서 날아오고 아들도 제주도에서 날아오고, 이것이 가족 사랑이구나 싶은 게 눈물이 나대. 아이들과 애아비가 한두 달 동안 고생 많이 했어. 그 정성으로 나는 살아났고 오늘 아부지 만나러 여기까지 왔어.

아부지, 나는 행운을 잡은 거지?

아들은 제주도에 살고 있어. 우리도 나중에 그곳에 가서 살 예정이야. 농장 딸린 좋은 집이 있는지 알아보는 중이야.

딸은 결혼하여 마산에 살고 자주 오고 집도 잘 꾸미고 재미나게 살아. 사위는 미남이고 마누라 잘 섬겨. 내년 초에는 나도 외할머니가 돼.

아부지! 남은 생 건강하게 사시는 게 우리들 소원이야. 우리들을 잊고 살아. 만나려고도 하지 마. 보고 싶으면 사진 보면 돼. 조부모 제삿날은 아부지도 기억해둬. 제사는 오빠가 모시지만 절하고 싶으면 하시고. 할아버지 기일은 음력 4월 2일. 할머니 5월 18일. 상제숙부 2월 19일. 큰고모 을님이 12월 23일이니까.

아부지도 어머니께 하고 싶은 이야기가 많이 있었겠지만 주고받을 수가 없으니 안타까울 뿐입니다. 너무나 많은 세월을 감당할 수가 없었네요. 다 잊고 갑시다. 여태까지 살아온 것처럼 그렇게 살아가야지요.

아부지! 잘가요. 눈물은 보이지 말아요. 우리 가족들은 아버지를 자상하고 온화하신 좋은 분이었다고 기억하고 아이들에게도 그렇게 전할게요.

2006년 6월 27일 영순 씀

편지를 쓰고 나니 날이 밝았다.

27일. 이별을 하는 날이다.

처음 만났던 온정각에서 짧은 이별상봉이 있다.

"아버지 여기요."

달려가 손을 잡고 안내했다.

"잘 잤느냐? 어젯밤에는 잠을 좀 잤구나."

"어디서 주무셨어요?"

"아파트에서 잤다."

"한 방에 몇 사람이나 지냈어요?"

"네 명이 함께 잔다. 자료집과 편지, 사진, 도자기를 같이 있는 사람들이 다 보았다. 편지도 다 읽어보고."

이제 겨우 서로를 이해하려는데 또 다시 흩어져야 한다. 이번에 전쟁에 의한 이산가족이 아니라 체제에 의한 이산이다.

87번 가족이 내 어깨를 두드리며 말한다.

"이 사람이 유복자구만, 박 선생이 쓴 편지 우리도 돌려가며 다 읽어보았어."

북측 안내원이 말한다.

"우리도 다 읽어보았어요. 박 선생 가족들의 기사가 노동신문에 났어요."

아아, 이렇게 또 한 편의 역사의 장을 남기는구나. 나는 눈물을 감출 수가 없다. 그렇게 참으려했던 눈물이다.

"오늘 다 말씀드릴 시간이 없을 것 같아 이별편지를 미리 써서 선물가방 속에 넣어두었으니까 집에 가서 읽어보고 화장품은 며느리 주세요. 양산도 있어요."

"알겠다. 화장품도 넣었느냐?"

"이 봉투에 120달러가 들어 있습니다. 이 돈은 가다가 음료수나 간식이라도 사서 나누어 드세요. 고생하시지 말고요. 돈 바꾸는 것 모르면 안내원한테 도움을 받으세요. 도자기에 든 것은 꼭 가져가세요. 안내원에게도 부탁할게요."

"오냐, 너희들도 몸 성히 잘 가거라. 나도 너희를 따라가 너희들 사는 것 한번 보고 싶구나."

"우리도 모시고 가고 싶어요. 건강하게 오래오래 사세요. 동일이 되면 아버지 모시러 달려올게요. 동철이 아내에게도 고맙다고 인사 전해주세요."

저쪽으로 갔던 안내원이 다시 이리로 오고 있다.

"안내원 선생, 우리 아버지 가실 때까지 잘 도와주세요. 도자기는 손녀가 만들어 소중하게 생각하시니 깨어지지 않도록 사진첩과 함께 집에까지 잘 가지고 갈 수 있도록 부탁드립니다."

"우리도 도자기와 사진 자료집을 보았습니다. 예쁘게 잘 만들었데요. 걱정하지 마십시오. 잘 모시겠습니다."

이제 헤어지면 영영 만날 수 없는 순간이다.

“아, 참. 아버지 손자 이름요….”

첫날 기억하지 못했던 손자 이름이다.

“승묵이와 정묵이다.”

어째서 손자 이름을 기억하지 못하고 있었을까? 서로의 혈육이 이어진 핏줄이다. 어쨌건 족보엔 올릴 것이다.

“아버지….”

우리는 씩씩하게 잘 살 거예요. 울지 마세요. 그 뒷말은 나오지 않았다.

아버지는 버스에 올라 창을 통해 우리를 보며 엉엉 우셨다.

버스는 떠났다.

난생 처음 아버지를 불러보았고 손도 잡아보았고 왜 나를 찾지 않았는지 따져보았다. 동생들도 많이 있다 하고 조카들도 많이 있다 하는데 다 잊고 가야 하는데 허전하기만 하고 14차 이산가족 행사는 끝을 맺는다.

**3.**

나는 이 글을 읽으며 몇 번이고 눈물을 찍어냈다.

이건 나 같은 글쟁이가 쓴 글이 아니다. 조금의 보탬도 뺌도 없는 상봉 기록이다. 어떻게 인간이 사는 하늘 아래 이런 세상이 다 있단 말인가? 이게 아직도 진행되고 있는 우리 현실임을 감안한다면 이보다 더 절실한 소설이 있을 수 없다.

“이거야말로 소설이네?”

소설가가 쓴 소설보다 더 감동적이야. 그러면서 나는 내 집안 소사小史를 한 편 집필하기로 작정한다. 벌써부터 한번 쓰고 싶었던 대 장편이었지만 한 집안을 송두리째 어둠 속으로 몰고간 인물들 이야기라 애써 덮어두려 했던 모티브다.

그러면, 그렇다고 해서 역사적 소명을 거부할 수 있겠는가? 써야 한다. 대 장편을 쓸 것이다. 그런데….

"그런 한물간 소설 써서 뭐하게요?"

작품을 쓰면 책을 내겠느냐는 전화에 출판사 사장은 난색을 표한다. 유행 따라 돈 되는 글을 쓰라는 것이다. 그런 진정성을 쫓는 독자가 없다는 것이다. 그래도 나는 이 글 속에 든 인물들을 한 사람씩 작품화하기 위해 자료집 표지에 '당신의 그리메'라고 손수 제자까지 써붙인 고종매의 '특별상봉기'를 다시 끄집어내 꼼꼼히 읽어보고 있는 중이다. 우연일까? 글을 읽고 있는 지금 이 글 속의 주인공인 고모님이 돌아가셨다는 부음이 전해져왔다. 일단 하던 작업을 멈춰야겠다.

비가 내리고 있다. 정말 지겨운 장맛비다.

이 비 그치면 무지개 뿌리가 보일까?

표성흠 소설집
# 특별상봉

지은이_ 표성흠
펴낸이_ 조현석
펴낸곳_ 북인
디자인_ 푸른영토

1판 1쇄_ 2023년 07월 07일
출판등록번호_ 313 - 2004 - 000111
주소_ 121 - 842 서울 마포구 서교동 460-34, 501호
전화_ 02 - 323 - 7767
팩스_ 02 - 323 - 7845

ISBN 979-11-6512-074-0 03810


책값은 뒤표지에 있습니다.
저자와 협의 아래 인지를 생략합니다.

**이 책은 경남문예진흥원의 지원금 일부를 보조받아 출간됩니다.**